Best Time

白 马 时 光

我有预感明天也会喜欢你

My love for you will always be the same.

张一然　么么晗　著

百花洲文艺出版社

图书在版编目（CIP）数据

我有预感明天也会喜欢你 / 张一然，么么晗著 . —
南昌：百花洲文艺出版社，2019.3
ISBN 978-7-5500-3168-5

Ⅰ．①我… Ⅱ．①张… ②么… Ⅲ．①长篇小说—中
国—当代 Ⅳ．① I247.5

中国版本图书馆 CIP 数据核字（2019）第 003061 号

我有预感明天也会喜欢你

WO YOU YUGAN MINGTIAN YE HUI XIHUAN NI

张一然　么么晗　著

出 版 人	姚雪雪	
出 品 人	李国靖	
特约监制	夏 童	
责任编辑	袁 蓉　刘玉芳	
特约策划	鹿玖之	
特约编辑	鹿玖之　廿 七	
封面设计	小 贾	
版式设计	王雨晨	
封面绘图	三 乖	
内文绘图	starry 阿星	
出版发行	百花洲文艺出版社	
社　　址	南昌市红谷滩世贸路 898 号博能中心 Ⅰ 期 A 座 20 楼　邮编 330038	
经　　销	全国新华书店	
印　　刷	三河市金元印装有限公司	
开　　本	880mm × 1230mm　1/32	
印　　张	8	
字　　数	128 千字	
版　　次	2019 年 3 月第 1 版第 1 次印刷	
书　　号	ISBN 978-7-5500-3168-5	
定　　价	39.80 元	

赣版权登字：05-2019-9
发行电话　0791-86895108　　　网　址 http://www.bhzwy.com
图书若有印装错误，影响阅读，可向承印厂联系调换。

这是一本没有名家推荐作序的书，

就像我们不聊车子和房子的爱情。

没有那么大的排面，

都是些细微而美好的瞬间，

我们小心翼翼地把它们记录下来，

做成这本记载时光的回城卷轴，

在以后的漫长岁月里，

只要打开，

就能回到那些怦然心动的时光。

张一然 么么晗

春有百花秋有月，
夏有凉风冬有雪，
都不及，一年四季我有你。

目录
contents

Part 1

你是我的俘虏，也是我的战士

目 录
contents

Part 2

余生，请善待俘虏

Part 3

将一字一句都锁进日记

Part 4

唯独见你，说情话

我不想仗剑走天涯了，我只想给你做饭。

Part 1

你是我的俘虏，也是我的战士

○1

因为你，我一一卸下我的武器

第一次遇见他，是在朋友的生日聚会上。

那天来了很多新朋友，我喝了点酒就到处和人勾肩搭背，只有他很孤僻地坐在角落玩手机。

当时我对他的感觉就是，呵，真臭屁啊。

第一印象是很难改变的，于是后来几次出来玩，我都没跟他讲过话。

周末我们在朋友家聚餐，他正巧坐在我旁边。

我发了一条微博，刚刚点完发送键，桌上的一只手机就响起了推送声。

我瞟了一眼——特别关注 @ 么么晗：今日份的自拍哈哈哈。

然后一只好看的手迅速抢走了那只手机。

是他。

从那天之后，他连续几天邀请我出去看电影，语气却还是一如既往地——没有语气。

第三天我终于忍不住了，问他："你干吗总叫我出去看电影啊？"

他说："你说呢，不是已经被你发现了吗？"

后来我问他："我们两个都是爱装酷的人，你是怎么决定放下面子的？"

他叹了口气："我们就像两块正面相对的磁铁，想要在一起，总要有个人先转身吧。"

可这些都发生得太突然了，我好像才刚刚认识他。

我还是没有答应和他去看电影，只是在微信上和他聊得越来越多了。

原来他喜欢手办，喜欢火影忍者，不爱看恐怖片，因为会不敢睡觉。

原来有一次他拉着我东扯西扯，聊到了凌晨三点，是因为他忘缴电费了，自己一个人害怕。

原来这个看似冷漠的人，内心像个小孩子一样。

有些感觉开始发酵了。

再后来，我去外地出差，回北京的那天遇上了暴雨，飞机延误了五个小时，我的手机只有百分之十的电量了。他正在跟我聊天，我不假思索地把其他程序都关掉，又调了省电模式，把所有电量都留给微信里的他。

在手机只有百分之一电量的时候，我给他发了两句话——

"我手机要没电了，我身上还没有现金，到了北京我可能要走回家了。

"但我还是在跟你聊天，我好像喜欢上你了。"

到达北京已经是凌晨四点。走出机场，我看见他站在人群中，手里还举着个牌子——专车接送回家。

他狡黠地笑："你手机还有电打车回家吗？"

我摇摇头："没了。"

他说："那我送你回家啊？"

我说："嗯。"

他皱了皱眉，一副很为难的样子："可我的车只能接送我女朋友。"

于是，我就这样被他勒索着，和他在一起了。

在一起之后，我每天都在抱怨他："你太黏人了！我想退货！你之前根本就是在装酷！"

他说："我本来是很酷的，但每见你一次，我身上就少一件武器。

"一开始是缴枪。你问我，还有吗？我说，没了。你问，那口袋里的是什么？我说，哦，小手雷。

"你问我，还有没？我说，没了。你问，裤腿里还藏了什么？我说，小匕首。

"等我把所有武器都交出来了，你问我，还有什么话说？

"我说，请善待俘虏。"

　　我想说，认识你之后，我也一一卸下了我的武器。不仅仅是铠甲，还有我的伪装，我对未知世界的防备心。我所有用来应对天敌的手段都再无用武之地，像是河豚再也无须膨胀，刺猬的刺也变得多余。我退化了，变回未经世事的婴儿，我所有的本领，只剩拥抱与爱你。

02

是你，让我对这座城市充满期待

我们还异地时，我去找他。

第一次去他家玩，进门时发现门口整整齐齐地摆着两双拖鞋，地板也干净得一尘不染。

"你说实话，是不是因为我要来，你才认真打扫了家？"

"没有。"他矢口否认。

"我不信，门口那两双拖鞋摆放得彼此平行，我打赌沿着它们画两条无限延伸的直线，永远都不会相交。"

"……好吧，只打扫了一点点。"

结果我才住了没几天，家里就变得乱七八糟了。

我一副了然的样子："哼，我就知道坚持不了多久。"

"不是啊，你在的时候我不想打扫房间。"

"你什么意思啊？意思是你刚打扫好就会被我弄乱是吗？"我气呼呼地问他。

"不是啊，你在的时候我什么都不想做，就想看着你。其他事情，都是浪费时间。"

我是漫威迷，那段时间《复仇者联盟3》要上映了，我激动地给他打电话，说约了一帮朋友去看凌晨的首映。电话那头的他听完有些难过，似乎有话想说，最后却只交代了一句注意安全。其实我知道，那是因为两个人异地，不能一起去看电影的失落。

电影滚动字幕的时候，我摘掉3D眼镜，正准备起身，却收到一条信息，打开一看，是他："笨蛋，先别走，还有彩蛋！"然后我收到他发来的一张在电影院的自拍，手里抱着我最爱吃的爆米花。

原来第二天还要早起的他为了和我同步，竟然自己一个人跑去电影院。他说——

"对不起宝贝，如果不能在同一个地方陪你，我会在同一时间陪你。"

　　我发现自己对手机的依赖越来越严重了。以前最鄙视低头族：走路看手机，坐车看手机，吃饭看手机，上厕所看手机，睡觉看手机，好像没有手机就不能活一样。只是没想到有朝一日，我竟也变成了"自己最讨厌的模样"——

　　手机必须在我的视线范围内，屏幕被信息点亮的瞬间，我整个人都能被唤醒。只是如果信息不是来自他，我的心又会忽然沉落下去。那一瞬，我恍然明白，我依赖的不是手机，是他。

　　我作息不规律，所以他每天睡前都给我打语音电话，督促我早睡。

　　有时候聊着聊着，他就睡着了。夜晚很安静，通过语音可以清楚地听到他均匀的呼吸，就像人在枕边一样。我以前经常失眠，可奇怪的是，只要听着他的呼吸声，我就会睡得特别安稳。那声音像来自大海，我被海水温柔地包裹着入眠。

　　最好笑的是，第二天我通常起得很晚，而他已经出门上班。

不知道为什么他没有挂断语音，后来他解释说，只要没有电话进来，语音可以一直开。有一次我睡得迷迷糊糊，蒙眬中呼唤他的名字，结果让正在开会的他成了大家的笑话。

我不好意思地问他："这是不是让你很尴尬？"

他笑着说："没有没有，相比之下，你醒来第一时间找我这件事，更让我开心。"

我说："那下次你起床时也把我叫醒。"

他说："不行，你会睡不饱。"

我说："相比之下，被你的声音叫醒这件事，也更让我开心。"

我把张老师"带坏了"。他以前从来不打游戏，但听说我玩，自己也去下载了一个，说这样异地恋的两个人共同话题会更多。

其实我玩《王者荣耀》三个赛季了，从来都是单排上王者。

第一次跟他一起匹配是在赛季更新之后，我的段位是星耀，他是青铜。结果就是，我如鱼得水，他寸步难行。也对，他刚刚申号玩这个游戏，铭文都没有几个，对面看他一眼，他就掉半管血。果不其然，战绩很惨。

结束之后我跟他说："哎，要不我开个小号跟你玩吧。"

他问："为什么啊？"

我说："嗯，狡兔三窟嘛。"

其实我知道只有开小号和他双排，对面才是和他同等铭文的选手。他从来不玩这种游戏，如果第一次玩就被打消了积极性，以后就不会再玩了。那可不行，我也想和他多点共同话题。

他以为我很喜欢用干将莫邪这个英雄，其实不是这样的。

我自己打游戏的时候，什么英雄都爱用用看，只是我最拿手的是干将莫邪，所以和他一起玩的时候，我只用它。

干将清兵很快，迅速推完中路塔之后，我就可以去下路找他了。

干将的"1"技能能击退敌人，团战时可以留着救他。

不过同一个英雄连着玩十几局，也确实蛮无聊的。

后来他开始用老夫子玩打野，从此我再也没拿过我方的蓝buff。虽然老夫子用不到蓝 buff，但也能拿金币嘛，让给他，他可以发育得更好一点。也多亏了他，我练成了抢对面蓝 buff

的骚操作，只是每局都会激怒对方打野，被人家疯狂追杀。

再后来我那个小号打到钻石了，他是铂金。于是我又开了一个小小号。现在第三个号也是钻石了，他依旧是铂金。

我问他："你是不是特别喜欢铂金这个框？怎么陷入鬼打墙了呢？"

他心虚地承认："可能因为除了跟你玩，我偶尔也会放飞一下自我……就输回去了嘛。"

我嘴上骂他，心里其实蛮开心的，他真的因为我喜欢上了一个游戏。和喜欢的人有共同爱好的感觉真的很棒，就像那句歌词——lucky I'm in love with my best friend（我很幸运爱上我最好的朋友）。

上个赛季，我的三个账号都只是钻石。这是我有史以来战绩最差的一个赛季，昔日的王者一去不返。忽然想到读书时老师说的"谈恋爱是会影响成绩的"，他之于我简直是"红颜祸水"！但因为是和他一起玩，这个游戏对我而言有了特别的意义。想到我被敌方三个人追杀时，他用小后羿胡乱放个大，再开个疾跑不顾一切地过来救我，结果却陪我一起给对方送双杀的样子，突然觉得这个人还蛮可爱的。

这不，大号还没来得及打排位，这个赛季就结束了。一向视分如命的我，忽然觉得段位也没那么重要了。赛季是结束了，可我们两个人的征途，才刚刚开始。

一直以来，无论走到哪儿都会心心念念的城市，只有老家。

我在河北生活了二十年，毕业后执意来到北京。那时觉得，一定要去一线城市工作，才叫"有出息"。其实我更想去上海，受言情小说毒害太深，觉得那里才是国际化大都市。而北京，我小时候就去过啊，对这里的印象只是人山人海，堵车严重。

但至少，这里离我唯一爱的城市近一些。

来北京两年，每天的生活两点一线。没有朋友陪着的时候，我能叫外卖绝对不出门，能网购就绝对不去商场。那时候这个城市对我来说没有温度，走在路上看到的永远只是忙忙碌碌的行人，感觉每个人都在拼命地为了能在这个城市立住脚而努力，再想到自己，却没有任何归属感。如果我想离开这里，随时都可以，我所有的东西只有三个行李箱和一只猫，带上它们，我可以去任何地方。

所以我对北京一直提不起兴趣。在这儿两年，我对它所有的了解只是——朝阳大悦城和三里屯有好看的衣服，望京那边的烤肉很好吃。

直到认识了他。

第一次看到他照片的时候，我认真地问朋友："你确定他不是 gay ？"

他是真的很好看，有着我这个颜控都会印象深刻的脸，比女孩子还要精致的五官。后来我们因为工作加了微信，有一搭没一搭地聊着，却从不聊私事。因为我们彼此都心知肚明：我在北京，他不在；我有我不想割舍的工作，他也有。

成年人的感情就是这样吧，即使希望和你一起生活，却也只是希望你能参与到我的生活里。仅仅为了一个人割舍自己的生活，成本太大了，赌不起。

时间给予我们最多的就是理性地计算成本，经历剥夺我们最多的就是年少时的义无反顾。

所以我最多只是默默地看看他的朋友圈，欣赏着他有趣的语言，但从来不会点赞。

后来我才知道，他为了不让我"乱了他的心智"，甚至把我的朋友圈都屏蔽了。只是依然会忍不住点进我的名片，看看我最近都发了些什么。

再后来见到他，是计划外的事了。

那天朋友跟我说："他来北京了，晚上去我家里给我过生日，你来一起玩吧？"

我一副无所谓的语气，说："好啊。"

那一整个下午我都在惴惴不安，试穿了所有好看的裙子，跑去美发店吹了头发，花了两小时化妆。出发前为了缓解紧张，还喝了半瓶酒。

后来才知道，他那天也紧张得怎么抓头发都不满意，最后抓抓洗洗，重复了三四次。

想来也是好笑，明明是朋友要过生日，邀请我的方式却是"今晚他也会来"。那些我俩自以为藏在心底的秘密，其实早就被旁观者看得一清二楚了吧。

再后来，从吃饭到看电影，从五个人一起玩到两个人一起玩，成年人的理性被少年的义无反顾逐渐压制，我们慢慢开始觉得，好像异地恋不再是阻拦我们在一起的障碍了。

一开始我还跟他讲："我觉得异地恋很棒啊！天天黏在一

起多烦，我需要个人空间的，我们两个现在的状态刚刚好！"
他用一副"好有道理"的表情点头称是。

可是没过多久，两个人的本性就展露无遗了。他每天关心我三餐吃了什么、好不好吃。而我，每天睡前一定要给他打语音电话，问东问西，在他的声音里睡着。

其实一日三餐没什么好关心的，也没多少话一定要听他讲。只是，异地恋的时候，只有用这种方式，才感觉像是进入了对方的生活。

国庆长假，我去了他在的城市。他像小孩子展示玩具一样带我在那边玩，吃好吃的东西，每天的行程都安排得很满。而我也在认真地了解那里、记录那里，努力爱上那里。

自己的生活和他，像是天平两边的砝码。起初，他那边很轻，秤盘悬得高高的，后来啊，就慢慢和我对这段感情悬着的心一起，降了下来。

他应该也看懂我的心思了吧。

有天晚上他问我："你喜欢我这里吗？"

我说："喜欢啊。在思考要不要过来呢，等我回北京问问公司里的人……"

他打断我："你别动，我来找你。"

后来我去商场看电影首映，回家的路上，破天荒地没有打车。"晚高峰啊，走一走吧。"我这样想着，不知不觉走了四千米的路。仔细打量着经过的每一栋楼、每一家店，我才发现，原来北京这么美啊！

我开始喜欢北京了，因为他要来，北京也变得有了温度，这将是我们以后的家。所以我开始想要认真地看看它，仔细地了解它，然后，在这里等着他。

你知道吗？我最喜欢的城市，有两个啦！

03

同居模式开启，防御状态解除

我和张老师终于开启了同居模式。

搬新家的第一天，他兴奋地冲去小区楼下逛了一圈，在回来的路上给我买了一袋草莓。到家后他一脸自豪地跟我说："乖，你尝尝这个，我在小区门口买的！听说可甜了呢！"

我一听到"听说"两个字就知道大事不妙，赶紧吃了一口，皱了皱眉说："这哪儿甜啊？"

张老师看了看我，也拿起一颗："是吗？我尝尝……咦，怎么没味儿……我好像被骗了。"

我说："你怎么不去水果店里买？小区门口摆摊的肯定不靠谱啊。"

　　他一脸失望："唉，主要是卖草莓的大姐有句话打动了我，她问我是不是新来的，她说她每天都在这儿卖草莓，整个小区里的人都买她的。"

　　我听完大概知道他为什么被骗了。我俩在一起半年才结束了异地恋，搬了新家，匆匆开始了同居生活。新生活开始我们都有点紧张，毕竟终于有自己的小家啦！他被骗，是因为他太兴奋，太想迅速融入这个街区了。如果有小区广播的话，我想他一定会对着喇叭喊："你们好，我们是你们的新邻居，很高兴认识你们！"

　　我很好奇，问："怎么以前没见你这样子？在长沙那个房子住了那么久，你连邻居都不认识。"

　　他说："不一样，那些只是我的邻居，而这些是我们的邻居。"

　　我懂他话里的意思，这两个邻居之间的差别在于，以前是他自己的，现在是我们两个的。

　　反观我，真的和张老师不一样。既然是我们的家，那也得有我的特色。新家这边有个快递驿站，包了好多家快递公司，只手遮天。快递员都把包裹丢在驿站了事，谁要快递，自己去取，哪怕包裹重得要命。

我们刚刚搬家，买了很多生活用品和家具。我顶着寒风去取了五六次快递，终于在独自扛着几十斤的柜子板回家时被冻得忍无可忍，到家后一边愤怒地擦鼻涕，一边掏出手机。"新家入住三把火"，这第一把火，就对准了我们家的快递，我还把淘宝快递信息里的名字改成了"不送上门就投诉"，以儆效尤。

此举果然效果显著，后来的包裹都直接送到家里了。偶尔也会接到想要偷懒的快递员电话，说："我是 × × 快递，你有一个快递到了，我给你放驿站了，你就是（一看名字）……啊，没事没事，家里有人吧？我马上给您送来。"五分钟后，听见快递员的敲门声，快递员送完就走，连需要签字的快递单都不撕。

不同于张老师的温柔，看看，这就是我融入街区的方式——恶名在外。

搬新家不久后的某个周末晚上，我跟朋友去酒吧玩。一杯鸡尾酒过后，我就醉了。

我，加上酒精，等于一个话痨。把朋友们都聊困之后，我就拿出手机跟张老师耍赖，说想他，必须现在、立刻、马上见到他。

他不知道我喝了酒，还没结束加班，就问我要不要去他的公司找他。估计等我到了，他也差不多能把工作做完，这样我们就可以一起回家，还能提前二十分钟见面。

和工作狂谈恋爱，时间都是这样挤出来的。

我一边脑补着"醉酒女被抢钱"的恐怖新闻，一边被醉意侵袭了理智，拍着胸脯满口答应："等我，半小时后就到。"

关上微信，我动用了全部的脑细胞打开打车软件，叫了一辆车。接电话跟司机确定上车位置，我东西南北指着路，思维清晰，对答如流；开车门、上车、系安全带，整套动作一气呵成，行云流水。我感觉奥斯卡不给我颁个最佳女主角奖实在有点说不过去，如果医学界能看到我的表现就好了，他们一定会起立鼓掌，说我是精神战胜肉体、人类抵抗酒精史上最伟大的奇迹。

总之，我一路紧绷着，成功抵达了任务地点：他公司楼下。

整座楼都是暗的，只有一层亮着，像是游戏里的新手提示一样明显，虽然我从没有来找过他，但我那迟钝的大脑还是迅速锁定了他的位置。

他是怎么在楼下接到我，我们又是怎么上的电梯，我已经记不太清楚了。

我只记得，一看到他，我的防御状态就到时限了。我迅速变回一个软得像泥的醉鬼，整个人吊在他身上，好像还声称自己是他的尾巴，跟着他摇摇摆摆，走得歪歪扭扭。

唯一还清晰的画面，是他带我去他办公室看了看，那里到处都是杂物，还有两个沙发胡乱地堆在一起。他入职有段时间了，到现在连布置办公室的时间都没挤出来。

我想，他大概真的把一切能闲下来的时间都用来陪我了。

然而，理智没撑过半个小时。回到家里，他的手机又开始响个不停，打乱了我们窝在被子里看电影的计划。我借着酒意开始耍赖，一会儿说饿了，要他帮我煮东西吃，一会儿不准他洗澡，要他等我洗完了再洗。

再回过神的时候，我已经躺在被子里了。酒意退去，剩下的只有头痛，他在我旁边，舒服地打着呼噜。我摸了摸脸，眼周润润的，被涂了护肤品。

之前刷到过一条微博说："如果我瘫痪了，记得帮我涂面膜。"当时觉得好笑，念给他听，没想到他真的记下了，努力地辨别我每瓶护肤品是干什么的，帮我涂了眼霜。

莫名地有点想哭。又不知道，现在过得好好的，我为什么要哭。

女生都是感性的生物，我又是典型的浪漫主义者，一个不折不扣的黏人精。还好，他能在工作狂和女朋友狂之间切换状态，无缝衔接。换一个角度来说，我们对工作的狂热，有一部分就是来自对美好生活的渴望，当真正实现起来时，他比我还要拼一点。

我的俘虏啊，他也是个战士。

我跟张老师吵架了。

原因是他安装路由器的时候把网线扯断了，一脸委屈地来找我，非要我陪他去看那根断了的网线，而我因为懒得动，拒绝了他。其实是很小的事情，可这是他来新家做的第一件事，失败了，他大概有种挫败感吧。而我又没能体谅他，觉得这么小的事而已，干吗偏要我去看。于是一来二去，就吵起来了。

　　恰巧朋友来给我们暖房，我俩还在卧室里争论。朋友隔着门问我："在干吗？"我气急败坏地回答她，大吼："在吵架！"

　　过了一会儿，我俩各自反省完自己的问题，和好了。张老师打开门，去了客厅。

　　我隐约听到朋友问他："吵完啦？"

　　他说："嗯。"

　　朋友正在玩手机，漫不经心地问："谁赢啦？"

　　他想了几秒，说："晗晗赢了。"

O4
————

两个"有毒"的人是这样谈恋爱的

我和张老师刚认识那阵子，觉得他简直太无聊了，差点 pass 掉这位选手。

他第一次去我公司接我吃饭，我恰好还在加班。本想让他稍等我一下，结果这位仁兄一言不发，在我办公桌对面一坐，直接从自己包里拿出笔记本电脑开始看文件。我同事进我办公室找我，一看这个氛围，还以为他是来找我谈合同的，默默转身出去端了两杯茶进来。

他第一次约我看电影，选了一部画风沉重的片子，大致讲的是弟弟失踪，哥哥到处找弟弟，这一找就是两个半小时。其间我们沉默不语，正襟危坐，没有半点互动。感觉过了大概一个世纪之后，电影终于结束了。他起身，问我的第一句话是："你觉得这部电影题材如何？"

可一回到二次元，他还是那个好玩的他。后来我才发现，他在我面前的"无聊"，只是因为刚认识我不久心情紧张而产生的表象。水瓶座的他，的确是一个非常有趣的人。

何止是有趣，简直是有毒。

十一假期，我们去丽江旅行。晚上，我们在古城闲逛，看看灯火阑珊的长街，气氛安逸浪漫，他却不知怎么突然来了兴致，决定第二天一定要带我——去爬山。

爬山是不是每个直男的挚爱？求求直男们务必不要约女生去爬山了，山顶的紫外线会把我们晒成黑炭，爬山流的汗又会让我们的妆容全部花掉。如果哪个女生答应陪男生去爬山，那一定是被爱情冲昏了头脑。

我就是一个典型的例子。

在答应陪张老师爬山之后五分钟，我就后悔了。但他居然在三分钟之内就跟旅行社签好了合同，没给我任何反悔的机会。

回到酒店我才得知，我们凌晨五点就要动身，而那时已经一点了。记忆中上一次这么早起床，还是在备战高考。

而我的男朋友，在四点准时摇醒了我，用比高考打气更振奋人心的语气喊："快醒醒！我们要去爬山了哈哈哈哈！"

我们爬的是玉龙雪山，海拔四千多米，很容易有高原反应，于是人手一个氧气瓶。

张老师一边爬一边跟我讲他曾经去西藏旅行的丰功伟绩——他不仅一点高原反应都没有，还踢了一场足球，当地人都是他的手下败将，如今我们脚下只是区区一座雪山而已，氧气瓶什么的，根本用不上！说完，他又指了指那些爬两步就坐下来休息的人，说："唉，现在国民身体素质真是一个严峻的问题。"说罢，露出一副忧国忧民的表情。

当时的我，喘得上气不接下气，一边吸氧一边用星星眼望着他，心想：我的男朋友真是个身强体壮的汉子，太 man 了！

然而等我们回到酒店，两个人都感到头痛欲裂。他分析可能是气压差异导致的，我一摸他的额头，热到烫手。而我也头晕目眩，口干舌燥，于是我们虚弱地交流着彼此的病情和感受，像两具尸体一样，裹在白被子里苟延残喘。再回味这次雪山之行，想想他在山上的豪言壮语，内心五味杂陈，用最后的力气瞟了对方一眼，一起大笑了起来。

现在想想，当时身体那么难受，怎么还笑得出来呢？可能是对彼此身体素质的无语，也可能是为这次旅行的"完美"开端而无奈……

最最有可能的，是我俩都烧傻了。

对于这种遭遇，我见怪不怪。张老师的毒何止于此，他简直每日一毒。

比如，自从我把给加湿器添水的工作交给他，他已经成功搞坏两个加湿器了。

每次他都在案发现场一脸无辜地表示："是加湿器质量不好，莫名其妙就坏了……"

我认真地思考了一下：为什么别的家用电器他用不坏，坏的总是加湿器呢？

想到每次他洗漱好，躺在床上愉快地刷微博，又被我叫起来，灰头土脸地去搬加湿器、冲干净，再把加湿器加满水，累得又出了一身汗……突然，问题的答案明朗起来了。

果然，姜还是老的辣，我选择将计就计。既然他说加湿器质量不好，我就买了一台几千块的，微笑着告诉他价格，然后幽幽地放下一句："再弄坏你就买一个一样的哦。"

从那之后，我的加湿器再也没坏过。

再比如，我们散步回家，他号称自己是人肉 GPS，坚决不允许我使用手机导航，认为这种行为是对他超强方向感的侮辱。

但在我又一次看到中国银行的大楼时，终于忍不住提出了疑问："那个，我们是不是在原地转圈？"

他一脸自信，谴责了我的方向感，然后描述了一下接下来如何如何走就可以到家，语气之肯定、表情之认真，搞得我都开始怀疑自己是不是眼花了。

当然，事实证明，他确实带我走错路了。

然而到了下一次，我还是会被他谜之自信的表情搞得怀疑自己，跟着他，像是为了甩开跟踪我们的敌方特务一样，围着家乱走一通，最后再在导航的帮助下找到回家的路。

朋友之前问我为什么最近瘦了这么多，呵，大概是因为我男朋友每天带我暴走三万步吧。

刚才我告诉他，我在记录他种种有毒的事迹。他沉默了一会儿，假装不经意地问我："你说，我为什么这么有毒呢？"

我忙着打字没理他，他就自顾自地说："我觉得还是因为我很细心。我想得到很多细节，只是执行的时候没有那么多时间，就把事情搞砸了。"

我抬头瞟了他一眼，说："我觉得你讲得很有道理，但我是不会写进文章里帮你洗白的。"

他一脸"被看穿了"的表情，气鼓鼓地走了。

傻，你每次做了笨笨的事情，我都没有生气，只会觉得哭笑不得，没有觉得你是个弱智，只觉得你怎么这么可爱。我嘴上说着"你有毒"，可那个到了下一次依旧安心跟着你乱走的我，依旧放心让你去安排行程的我，依旧愿意陪你做自己讨厌的事的我，才是最"有毒"的人吧！

05

——————

有你在的人间，超好玩

张老师是个很可爱的男孩子。之前我和他去游乐园玩，那是个亲子主题游乐园，游乐项目都是给小孩子设计的，一点都不刺激。我逛了一圈就大喊无聊，只有一个"激流勇进"我还比较感兴趣。

张老师恐高，但也特别勇敢地陪我一起。"激流勇进"车刚启动时，他拿起手机，打算拍下全程。我赶忙说："你快把手机放下，一会儿往下冲的时候你会害怕，手机会掉下去的！"他一脸淡然："没事儿，别低估我，小孩子玩的项目而已嘛，我可以的！"

结果车刚开始往下滑，他就吓得大吼，赶紧把手机揣回了兜里，可匆忙中忘了关掉视频，于是手机就这样在一片黑暗中录下了他全程的哀号："啊！太吓人了！啊啊啊啊！"还有我在一旁"哈哈哈哈哈哈哈哈哈哈"的大笑声。

我不是很擅长当面夸奖别人，会觉得害羞，即使心中冒着粉红泡泡，脸上写满了"好厉害""好崇拜你"，也很难说出口。所以当张老师跟我讲完他的丰功伟绩之后一脸期待地看着我时，结果往往只收获了我一个冷漠的眼神。

最近我发现，张老师为了获得我的夸奖，在讲述某一段事迹的时候，已经开始使用第三人称了。

"我跟你说，之前我们大学有个人自己写歌，毕业时还办了个原创演唱会呢！"

"哇，这么厉害啊？"

"嗯嗯！是我是我！"他一脸满足。

他跟朋友去打麻将，我坐在旁边看。坐的时间久了，他开始无意识地扭肩，我就一边帮他按肩一边看。

过了一会儿，我说："哎，你出错牌了！那张多好啊，干吗要打出去？"

　　他说："啊？是吗，我没注意。"

　　"你是不是开始注意力涣散了，要不换我来。"

　　"那倒不是，有你给我按着肩膀，我觉得今晚当散财童子都没关系。"

　　张老师特别迷恋三文鱼。有次他正吃着，我养的那只英国短毛猫——一坨蹭过去，一直闻。

　　张老师犹豫地问我："它不能吃三文鱼吧？"

　　我正在玩手机，漫不经心地回答他："能吃啊，你可以给它一片。"

　　他向我求救未果，只好摆出严肃的表情："不，一坨，这个鱼是冰的，你不能吃。"

　　我依旧没听出他的潜台词，随口插话："还好吧，不怎么冰。"

　　张老师特别无奈，又摆出一副正经的样子，说："好吧，一坨，这个鱼是切过的，你不能吃。"

　　……

我估计一坨如果会讲话，一定会说："不想给就别给嘛！干吗骗猫？！"

他在我身边时总像个小孩子一样。

比如，他到家之后从包里掏出两条数据线逗我们的猫；在一坨和两万打翻了东西时，认真地蹲在两只猫旁边，和它们进行严肃的"亲子交流"；还有就是悄悄地溜进我的浴室，把他喜欢的沐浴露拿回自己的浴室里藏着用……

虽然都是些平淡的瞬间。但，生活本身就是柴米油盐。

有的人说女孩子恋爱了就是"坠入凡间"，被烟火气熏染之后，少了一些仙气，泯然众人矣。

我却觉得，仙界冷清无趣，而有你在的人间，超好玩。

我要收回我上面的话，原来太像小孩子也不怎么好。

昨天晚上我睡着睡着，突然被他一肘打醒。

我蒙了："你干吗啊！"

他迷迷糊糊地嘟囔着："对不起对不起，我在躲恐龙……"

这个人做梦时梦的都是些什么鬼东西。

我俩晚上睡不着觉，就会聊点脑洞大开的话题。有次聊的是"你最希望你的男／女朋友有什么特质"。

我随口说："我喜欢有酒窝的男生，笑起来显得特别可爱。"没想到他醋意大发，竟认真地研究起酒窝手术一类的东西，吓得我赶紧安慰他，"哎呀，每个人都是有优点也有缺点的，即使我认识了一个有酒窝的男孩子，可万一他……万一他不爱洗袜子怎么办？"

他本以为我举例时会说这个"假想敌"身上没有他具备的优点，比如细心、爱健身什么的，可我说的却是"不爱洗袜子"。他说："这算什么鬼缺点？听完以后，反而觉得那个不存在的酒窝男生更可爱了！"

第二天，他像只河豚一样，因为这个不存在的假想敌气了一天。晚上回到家里，两手叉腰向我宣布，他今天也决定不洗袜子了。

我和张老师的睡眠都很迷。我是怎么也睡不着，睡着了就怎么也醒不了的那种人；他呢，很容易就睡着了，但是偶尔会打鼾，一打鼾就响彻云霄。这样的两个人生活在一起，发生过很多有趣的事儿。

比如有天晚上，我在床上翻来覆去了好久，好不容易打起了哈欠，一翻身，隐隐约约感觉面前有个黑影，我被吓得瞬间清醒，仔细一看，居然是他抬起了一条胳膊。我扭头正要发怒，就听见他开始说梦话了："6690。"我问："你说什么？"他居然迷迷糊糊地回答了我："嗯……化学元素。"

第二天我问他："昨天晚上做梦啦？"他说："嗯，梦见自己成了化学家，正在研究一种喝了就可以长酒窝的化学物质。"我无奈，难怪昨晚他会抬着胳膊挥啊挥的，大概是在摇试管呢吧。

还好我是一旦睡着就很难被吵醒的体质，一般情况下他说梦话都不会影响到我的睡眠。不过，叫醒我也是一大难事。

有次要早起出门，我知道靠自己是肯定听不见闹钟的，于是把叫醒我这项任务交给了他，结果我还是睡过了头。后来我问他为什么没叫我起床，他一脸讶异："早上你分明醒了呀！我跟你说话，你对答如流，我怕你不够清醒，还专门问你15乘9等于多少，你不假思索地告诉我等于135！"

然而我对此一点印象都没有。我是有这种本事，别人叫我起床时可以像自动回复一样回应别人的话，但我实在没想到，我的潜意识已经进化到可以自动回复算术题了。

当然了，我早上很难醒来也是有原因的——张老师的呼噜声实在有点太夸张了。跟他在一起之后，我日常备着耳塞，每晚一旦他有打鼾的迹象，立刻拿出来塞上。但根据我的经验，即使戴着耳塞，抱着他睡时我也很难睡着，因为他的鼾声让他自带震动。

我从小就有一个愿望，和自己喜欢的人一起去迪士尼乐园。

之前跟他聊过，这应该是在我的"恋爱必做清单"里面排名前三的一个愿望。上海迪士尼开馆那会儿，我就感觉离梦想又进了一步，万事俱备，只差一个男朋友。和他在一起以后，男朋友倒是有了，但对于异地恋的情侣来说，一起去游乐场是一件奢侈的事。想到工作累到不行的他，我几次话到嘴边，又咽了下去。

那次因为参加一个活动，我和几个朋友一起去了上海，有个周末的空隙，朋友们都计划去趟迪士尼，也叫上了我。我有些犹豫，因为之前张老师说，等有时间了，他一定陪我去。

我给他打电话问要不要和朋友一起，电话那头的他一个劲儿地鼓励我去玩，说我们的机会还很多。可这个笨蛋哪会明白，和他去迪士尼与和别人去迪士尼的意义就是不一样。他在电话那头没心没肺地说："没事，你就当是去向王子们做最后的告别，告诉他们你有男朋友了，我在场会有些尴尬！"

那晚飞到上海已经是凌晨了，朋友想拉着我一起去吃夜宵，可我没什么心情，就直接回了酒店。他还在公司加班，百忙之中不忘问我："上海的小吃好不好吃呀？"我捧着手机深呼吸，回复他说："超级好吃，生煎的底儿好脆好脆，我们从街头吃到街尾，别提有多开心啦，现在肚子吃得圆滚滚的。"可真实情况是，我缩在一张大床的正中央，用被子裹住自己，只露出半张脸和一个手机，心想：他加班太累了，就说点让他放心的话吧，我不想把我的失落传递给他。想着想着就抱着手机睡着了。

第二天早上，我被朋友的敲门声叫醒，看了一下手机，他的上一条消息是凌晨三点发的，估计是加班到了深夜。我的早安迟迟没有发送，因为怕打扰到他，想让他好好睡一觉。等一切准备充分，我和朋友向迪士尼出发了，到达的时候已经快中午了，估计昨天他睡得太晚，到现在都还没有醒来。

来到迪士尼以后，我很快被里面欢乐的气氛感染了，迫不及待地想跟他分享，即使人不在，也希望他能通过我的眼睛、我的鼻子、我的耳朵感受到。我迅速开启话痨模式，把看到的、听到的都发给他："我刚和加勒比海盗合影啦，要是强尼戴普就好啦""刚才米奇和米妮又在大家面前秀恩爱了""这个气球是不是好可爱？但是要三十元一个，不划算，我没买，不过其实还蛮可爱的，耳朵鼓鼓的""这个米奇专卖店里的东西都好可爱，等你下次来给我买哦"……

我发了二十多条消息，都快写成一个路线攻略了，他还是没有回复。正当我准备向下一个地点出发时，心不在焉的我突然瞟见路边站着一个拿了一大把米奇气球的人，恍惚间，我看见了五颜六色的气球下，那张熟悉的脸——是他。

他拉着一把气球，就是我刚刚发给他看的那个，笑着向我走过来。我回不过神来，呆呆地站在原地一动不动，他环住我的脖子，说："写在'恋爱必做清单'里的事情，我怎么能错过呢？昨晚我通宵加了个班，今天早上直接飞过来的，原本还担心过来找不到你怎么办，结果你这个小话痨，把自己的位置暴露得彻彻底底。那，不用等下次了，你喜欢的气球，我全都给你买来啦！"

06

水瓶男喜欢一个人的表现

水瓶座喜欢一个人，真的会对她特别好。

假期时我和张老师准备去自驾游，这是我们"恋爱必做清单"中的第一条，两个人买一堆零食，开很远的路，有个不是那么重要的目的地，不一定非要去什么青山绿水的地方，旅途本身就是最美好的。他做了满满的计划，连酒店哪一个房间窗外的风景最漂亮都考虑到了。去了之后我对比了一下，还真的是他订的那间最好，偏一点点都不行。

其实，去旅行之前，他每天都在跟我说我们的计划，然后每天细化一点点。

我说："不用跟我讲啦，你说了我也记不住的。到时候就直接带我去就好，怎样我都开心。"

他说："不是为了让你记住啊，就是单纯地想让你陪我畅想这件事，我们要出去旅行啦！"

出发那天我们起晚了，路上我要去买充电宝，叫他在车里等我。回来的时候发现他抽空买好了早饭和饮料，让我在路上吃。路上他拿出一个U盘，说这里面是你在手机上收藏的歌单，我都给你下载好啦。他还专门买了一块小毯子放在车上，说我可以睡一会儿，然而被我否决了，我想在路上陪他聊天，这样他开车才不会那么无聊。

每次我要去外地，他都会默默地查好天气预报，等我出发前一晚再叮嘱我要穿什么衣服，因为他知道，如果太早跟我讲我会忘掉。

我从来都记不住自己的生理期，姨妈前因为体内激素问题吧，经常会疯狂地做家务，加上我平时比较贪凉，所以姨妈第一天总是腰酸背痛。他会默默地帮我记录生理期，好提前叮嘱我不许累着，不许喝凉饮料。前几天他告诉我："你的生理期每个月都会提前三天。"听完我都惊呆了，我自己从来没数过……

诸如此类的事实在太多，我记性不好，记不全了。

其实我是付出型人格，从小到大都是照顾别人比较多，对自己不怎么关心，能凑合就凑合。遇见他之后，才感觉被人疼真的好幸福啊。

你不用再独自应对整个世界，他会站在你身后，默默地帮你把一切都打理好。

你遇到再大的困难，也不会感觉那么无助，因为你知道，有个人一定会替你撑腰。即使他帮不上什么，也会给你信心，在你耳边告诉你："放手去做吧，就算摔下来，也有我接着你。"

那种感觉好像是——

"你已经累了够久了，那么接下来的时光，就交给我吧。"

他做饭很好吃，自从和他在一起，我就放弃了外卖，总是瘫在沙发上等他把我喂饱。

有次，他把菜端出来，挑眉问我："你为什么不跟我学学做饭？"

我狠狠挖了一勺饭，白了他一眼："不学。你不知道吗，油烟会损伤皮肤的，我会老得快！"

还没吃完，我就收到一条微信，是他分享了一篇辟谣文给我——《油烟伤皮肤是谬论》。

还没等我开口说话，他就说："算了，你别学了，还是我做给你吃吧。"

我赌气，说："那你还给我发这个干吗？！"

"废话，当然是为了告诉你那是个谣言。我给你做饭是因为我惯着你。我想让你学，是怕我不在家的时候，你只能吃垃圾食品。"

从小我就不爱表达自己的情绪。

因为表达情绪是件风险很大的事情，你抛出的绣球可能会被狠狠打到一旁，你端起酒杯等来的可能只会是一个白眼。作为一个悲观者，保护自己最好的办法，就是不流露任何情绪。哪怕只有百分之一的概率，也要做好心理准备——这世界或风或雨，只要我不哭不笑，就不算输。

所以我也很抵触回应别人的爱意。

"爱你"是句很简单的话，朋友帮了我的忙，或是和同事交代完事情，"爱你"是句结束语，它等同于"辛苦了"，等同于"谢谢你"，等同于一个狗狗摇尾巴的表情。

但"我也爱你"不一样，它太重了。它是对别人感情的肯定；是拍拍肩，宣布我会对你负责的；是告诉他，放下你悬着的心吧，在我这儿，你很安全。

这句话背后有太多的不确定，每每到了嘴边，却总是因为担忧，被我吞了回去。

张老师每次和我说"喜欢你"的时候，我大多只是堵他一句："都快说成口头禅了，感觉你一点都没走心。"有一次他蹙眉认真地说，他每次说喜欢的时候都是真心的，是真的很想讲给我听。可在他弱弱地说出来后，我的反应却好像是泼向他的一盆冷水。

那次我像是被人摇醒了，才想起来，眼前的这个人写的东西虽然甜言蜜语，但在生活中其实是个不善言辞的人，对事物的评价大多止于"一般"。

所以，这份喜欢到底有多重，才会压得他不得不讲出来，才会逼迫他降下内外城门，拆掉堡垒，推翻围墙，武装全卸，任你是宾客还是敌人，一律笑脸相迎。

人总是幻想自己的潜台词都该被理解，却常常名正言顺地以缺乏安全感为由，勒索着别人的爱意。

刚才他对我说："今天工作很忙很累，很想你。"

我回："我也想你。晚上见。"

他是个非常有趣的人，之前我们刚认识的时候，我特意去翻了他的朋友圈。他的言辞，以及看世界的角度都很特别，我不知不觉就翻到了五年前的第一条。刚退出返回，忽然看见他的个人简介里赫然写着一句——"哼，别以为翻翻我的朋友圈就能了解我"，不禁笑出声来。

可奇怪的是，自从我们两个在一起后，他发朋友圈的频率大大减少了，我问他："怎么，你最近都很少发朋友圈啊，是不是我们在一起后生活太无聊了，让你感觉没啥想说的？"

他没听出我语气里的调侃，以为我在责问他，一脸无辜地说："不是啊，我现在没什么好分享给别人的，每天都忙着把自己分享给你。"

曾经以为，那些会感动我的瞬间，都是盛大的、富有戏剧性的。比如我生病住院，他连夜飞过来照顾我；或是在我最难过的时候，有人敲门喊"送快递"，打开门却看到他出现在门口，捧着一束鲜花傻笑。

真正和他在一起之后才发现，生活并不像电影一样，有那么多跌宕起伏。那些让我觉得"就是这个人了"的瞬间，反而是因为一些平凡的小事。

比如，他最近很忙，常常回家之后还抱着电脑，一个人忙到四五点。我也有忙得不可开交的时候，往往都是皱着眉头，谁和我讲话都没有好脸色，可他忙一会儿就会跑到我旁边，抱抱我，撒娇说："好累啊，还好你能陪我。"那一刻我发现，这个男生在最累最苦的时候，内心还是积极的、阳光的。

我是很容易"丧"的人，抗压能力很弱，只是爱逞强，看起来好像遇到什么事都无所谓，实际上回到家里关上门，所有的坏脾气就都出来了。结果就是，我总是给外人笑脸和好心情，给最亲密的人展现我所有的负面情绪。

当我在他面前抱怨和纠结的时候，他从来没有不耐烦，总是认真听完，努力帮我出谋划策。然后告诉我，别急，我们慢慢来，一件件地解决掉，都会好的。你若真的很困扰，大不了就不要做了，别让工作毁掉了我们的生活。

　　曾经在微博上看到一句话："很多时候我们那么努力地赚钱，是为了自己和喜欢的人在偶尔被生活打倒的时候，可以理直气壮地讲——休息一下没关系，我给你撑腰。"

　　我想说，谢谢你为我撑腰。

07

"喜欢你"的定义之一

有天傍晚，我和张老师吵架了。回家路上，我们都在赌气，谁也不理谁。

走到楼下，刚好有人坐电梯上楼，我看到电梯门还开着一条缝，一溜烟钻了进去，也没帮他按开门键。电梯门即刻关上，开始上升，他在外面一定气死了！哈哈哈哈开心！

可是到了家门口，我才发现自己没带钥匙，只好站在门口等他。远远地望见另外一部电梯显示的数字快到了，我赶忙拿出手机，点开聊天页面，假装自己正跟别人聊得热火朝天，还得用发送语音的方式。结果没掌握好，一段谄媚的话一不小心被发了出去，推送声同时响起。我赶紧偷瞄他一眼，还好还好，一副愁眉紧锁的样子，肯定没发现我在作假。

进了家门，我坐在地上拆快递，他进了卧室，再出来时居然穿着一身健身服，准备出门去健身。

我更生气了！

那几天我们每晚都一起去健身，今天不过吵了几句而已，他就不叫我一起去了吗？我气鼓鼓地用力拆快递，把他想象成快递盒，徒手撕烂了好几个。

快递里拆出一罐瓷砖美缝剂，是我前几天突发奇想，准备把家里的瓷砖美化一下，在网上买的。抱着"老娘干活儿一样能消耗卡路里"的想法，我把玄关的瓷砖全都挤上了美缝胶，累得满头大汗。好了，今天的运动到此结束吧。我把自己扔在客厅的沙发上，开始打游戏。

一个小时之后他回来了。我恰好在洗手间，隐约听见有人敲门，心想，你也有没带钥匙的一天啊！我看你给不给我打电话，就不信在电话里你还能不讲话！我捏着手机坐在马桶上，门外持续传来哐哐哐的敲门声，手里的手机却一直没响，突然感觉这马桶比针毡还让人坐不住。漫长的一分钟过去了，我决定去给他开门——他肯定是因为没带手机才不能给我打电话的，我才不是怕他等太久，我是善良，善良！

可是善良的人没有得到回报，这个人进了家门就一脸冷漠地去洗澡了，依然没跟我讲话。好，你不是爱运动吗？我就让你好好辛苦一下。

等他出了浴室，我喊他："哎，我没掌握好时间，这个胶已经干透了，瓷砖上都脏兮兮的。"

他头发湿湿的，说："那怎么办啊？"

我叹了口气："拿铲子铲呗……"顺势蹲在地上虚弱地铲了几下，又假装擦了擦头上的汗。

他摇摇头，说："把铲子给我吧，你这点力气，铲不动。"

好！就是现在！我把铲子递给他，扭头就进了厨房，给自己切了一个大杧果，认真地摆在盘子里，坐在地毯上开始享用。看着他蹲在地上铲瓷砖上的胶水，我想：本宫先跟你讲话，才不是因为憋不住了，只是为了让你做苦力而已。哼！这个大杧果，本来我是想跟你一起吃的，现在一块都不给你吃！

我叉起一块杧果，咬了一口，眉毛都拧在一起了。怎么搞的，一点都不甜。我忍着酸味又吃了几块，看见他铲完胶水，坐在沙发上，开始剥荔枝吃。荔枝的果肉晶莹剔透，一定很甜。

我纠结了半天，挤出来一句："我也想吃荔枝。"

他扭头瞟了我一眼，剥了一颗递给我。

才不是忍不住跟你讲话呢，我都是为了荔枝！

不过，荔枝真的好甜。

和所有情侣一样，我和张老师偶尔也会吵架。我们曾认真分析过吵架的原因，发现都是源于彼此性格之间的不合适。比如他性格里有冷漠和粗线条的一面，比如我的敏感和患得患失，而这些我们在刚刚在一起时就已经意识到了。

两个看上去都算理性的人，明知埋着这些隐患，却还是决定要在一起，就已经做好用时间慢慢磨合的准备了。

这个过程并不容易。

我们大吵，我离家出走，把他拉黑。

他扬言要搬家，去各个小区看房子，把自己的东西都搬走了。

但我也能通过这些看到更多的细节——

我离家出走，可是从没成功过。每次我都气呼呼地走掉，又不想去找别人玩，只好在家附近乱逛，用吃东西来拖延时间，还不停地看表。最后，总是用"凭什么是我走"的念头给自己安排一个台阶，然后就理直气壮地回去了。在外面玩手机的时候，最不想看到的就是他在我微信里的聊天框，可我总是选择拉黑他，而不是删除，因为这样我还是可以看到他的签名，等之后我们和好，撤销拉黑，以前的聊天记录还在。

他扬言要搬家，连着三天去找房子，却迟迟没签合同。他把自己的东西全都搬走，却总是偏偏落下那么一两个，上上下下地搬一天。他总是摆出一副有地方去的样子，让我以为他已经找好了新房，结果他只是开着装满杂物的车到处乱转，还打算开累了就找个停车场，在车里睡一晚。

两个人对着彼此演戏，可演技都蛮差的。有时候我们吵到最后就笑场了，实在忍不住，想立刻指出对方演技的缺陷在哪里。

可是吵架真的很伤感情。生气时说的狠话，即使和好，再想起时也依然觉得伤人。所以，我们之间有一个默契的规定——吵完了架，等两个人都消了气，就一起聊聊这次的事情。你是怎么想的，我又是怎么想的，带着对方站在自己的角度，再看一遍整个问题。这个办法对我俩来说挺管用的，即使嘴硬不服软，心里也多多少少能理解一些对方当时的感受了，下次再遇到类似的问题，也差不多清楚对方的脑回路和底线是什么。

架不能白吵。这个世界上没有两个天生合适的人，大家都带着二十几年来形成的性格投入这段感情，自然需要磨合。发现矛盾是磨合期自我修正的必经阶段，只有发现矛盾才能解决矛盾，或者彼此退让，一起适应这个矛盾。

所以我最讨厌冷战，冷战还不如吵架呢。

冷战到最后一般都会不了了之，要么冷战到感情淡了，直接选择分手，要么就是两个人都消气了，却忘了吵架的根源还没解决，只想着赶快和好，其实该疏解的矛盾还是没解开。除了浪费时间、影响心情以外，两个人没有得到任何好处。

况且冷战是一件意义不明的事，很莫名其妙。

两个人吵架，正确的处理方法不应该是搞清楚问题出在哪里吗？可是如果吵架直接发展成了冷战，到最后，示弱服软的那个人往往只是因为受不了冷战了。换言之，服软的人只是更依赖对方的那个而已，这个人不一定就是引起争吵的那一个。明明应该是错的人道歉和改正，结果却变成了更喜欢对方的人来道歉，这本身就很不公平。

　　我是个很幼稚的人，最开始我俩吵了架，他摆出一副冷战的态度，我就会威胁他说，今日事今日毕，今天的矛盾必须在今天解决掉，我是不会顺延到明天的。后来，我俩就有了一个规定：可以冷静，不准冷战，矛盾必须赶紧解决，不许带着怒气睡觉。

　　不过这也有我的私心，因为他再生气也还是该睡觉睡觉，但我是真的睡不着。之前看过一个视频，讲到男生制造 serotonin（血清素）的速度比女生快百分之五十二，serotonin 是影响情绪、睡眠的东西，它越多，人的心情越好。所以两个人吵架，女生还气得不行，很多男生已经若无其事地呼呼大睡了。女生大多会认为对方不在乎自己，但实际上这是男女生理上的差异之一。

　　这样一说我俩之间的规定还蛮多的。我觉得制定一些大家都同意的规则也蛮好的，尤其是刚在一起的情侣。

　　就像玩宫斗类的养成手游一样，如果设定游戏的人根本没给你留下任何线索，你怎么知道自己这个角色将以什么方式通关啊？规则就是一种线索，我之所以希望情侣之间能把话说开，能了解彼此的底线和思考模式，就是因为这就等同于了解线索。尤其是女生，尽量少让男生去猜你的想法，以我的经验来看，他们真的猜不到。所以不要再让他们猜了，这样只会搞得自己很生气，他们一脸蒙，觉得自己无辜极了。

我们之间那些不愉快的瞬间，无非是吵架，吵完聊一聊，然后和好，下次再因为别的事吵。如此重复了十几次，但还是"乐此不疲"，在好心情和时间都显得尤为珍贵的现在，也许这也是"喜欢你"的表现之一吧。

◯8

────────

余生，还请多多关照

　　一坨是我刚来北京时养的一只英国短毛猫，那时我还不认识张老师。我们恋爱之后，我带他回家撸一坨，他还十分紧张，生怕一坨不喜欢他，仿佛有种见家长的感觉。

　　偏偏一坨是那种只对主人撒娇的猫，我回家时它会来迎门，我叫它时，它也会"喵"的一声来回应我。可对别人就爱搭不理的，不仅不回应，被抱住时还会盯紧时机，一有机会就立刻逃走。再加上它长得一脸严肃，张老师总觉得它很难取悦。

　　起初，张老师会故意一边叫一坨的名字一边往一坨身边凑，摆出一副猫是被他叫来的样子，假装"父子情深"。他还经常变着花样地给一坨买零食和罐头，一脸谄媚地喂它，妄图用食物建立起自己和一坨之间的联系。

我虽然觉得好笑，但心里也特别感动。如此担心女朋友的宠物不喜欢自己，是真的想和我走很久很久才会有的念头吧。何况他原本不喜欢猫，现在却在费尽心思地讨好它。

后来有一天我在沙发上刷剧，这时门外传来了翻找钥匙的声音，一坨原本在我腿边睡得正香，突然坐了起来，跳下沙发跑去门口，抬着圆滚滚的小脑袋盯着家门。这还是我第一次看到一坨去迎接张老师回家，有点感动，又为自己居然有种"儿子终于接受了后爸"的心情而觉得好笑。

看到两个对彼此而言都属于"乌"的小朋友在门口，一个蹲下来挠着对方的下巴，一个眯着眼，一脸享受地打着呼噜，我心里只有一个想法：就让我们长久地生活下去吧。

作为一个掉链子专业户，我创下的纪录有高考时发烧、艺考时崴脚、面试时腹痛。

还有最重要的生日，本来计划满满，结果因为我在前一天咽炎加重，头痛欲裂，只好取消了所有的预定，悻悻地在家里吃药、测体温。

　　早上，张老师摸摸我的额头，见我还在发烧，就特地晚些去公司。我睡得浑浑噩噩，蒙眬中感觉他去开了好几趟门，我那句"是快递吗"都没来得及问出口就再次昏睡过去，如此反复。

　　最后一次，我听到他在跟一个男生争论，瞬间清醒。披上衣服出去询问，才知道是快递员送错了件，张老师买的东西被弄丢了。

　　我见他那么着急，以为是很贵重的东西，就坐在旁边静静地听。最后听见他说："不是钱的问题，今天是我女朋友生日，你把气球弄丢了，我的计划可怎么办？"

　　我仔细看了下客厅，才发现他一大早插好了玫瑰花，笨手笨脚的，连花枝都没剪短，一大簇戳在花瓶里，就像这个可爱的直男的爱意一样，热烈而直接。看来他还想用气球布置房间，让我醒来就有个惊喜，谁知千算万算，没算到快递员不作美。

　　也罢，毕竟我是掉链子专业户，生日有些瑕疵也没什么。

　　我回到卧室接着昏睡，不知过了多久，被他叫醒。他不知又从哪里变出了气球，蛋糕放在茶几上，蜡烛插好。他说："快去洗脸刷牙，先许愿吹蜡烛，等我下班，再带你去吃大餐。"

我盯了一会儿气球，发现他还用心地把它们黏在墙上，拼出了一个心形。我问他黏了多久，他看了眼表，说："一个小时。"

其实我都病在床上了，气球对我来说真的没那么重要。但是对他来说重要得很，他想好的每个细节都必须要实现。

有人能执念于为你过一个最完美的生日，这大概就是最感人的"生日快乐"吧。

生日礼物嘛，是一只叫"两万"的猫。当时我们虽然还没见面，但冥冥之中好像已经是一家人了，因为它跟我一样，会在重要时刻掉链子。作为礼物的它，昨天恰好打了几个喷嚏，猫舍只好决定过几天再送来。

一坨，两万，还有我。

那么接下来的日子里，就请你多多关照我们三个掉链子专业户啦。

我这次生病，他专程请假，押着害怕抽血的我去医院，下班后又专程跑去北京的另一端，就为了买我喜欢的那家私房菜回来给我吃。

第二天见我烧没退，他请了假，在家里照顾我。

我虚弱极了，脸都没洗，鼻涕、眼泪直流。

我说："你别守着我了吧，我现在太丑了，不想被你看见。"

他笑着摸了摸我的头，亲了我一下："你平时是个小可爱，现在是热乎乎的小可爱。"

但我当时困在发烧的病痛里，"我男朋友真好啊"这个念头只闪了一下就不见了。大概是我没能时刻集中注意力去感受他给的甜，因为每天的生活都是含糖的。

两个人在一起久了，喜欢就会和感动慢慢分离，变成一种本能和习惯。

比如，上一秒他还在旁边打着呼噜，下一秒我咳嗽起来，他就会伸手过来，轻轻地拍拍我的后背。

比如，我半夜去客厅倒水喝，回到床边时他会把胳膊搭到我枕边，而我就对准他的胳膊躺下去，脖颈刚好枕在他的臂弯里，像是一起入睡时他搂着我的那样。

　　因为每天都是含糖的，所以无法时刻集中注意力去感受了。像个被大人宠坏的小孩，糖果的确还是小孩的珍宝，但不必不舍得吃掉今天的这颗，因为小孩坚定地知道，这珍宝，明天，后天，都会有。

09

很多很多个一瞬间

稀里糊涂太可怕了。

半夜梦到火鸡面，饿得流口水，便迷迷糊糊地起身去了厨房，梦游一般地煮了碗面，吃完就心满意足地睡下了。第二天醒来，以为是一个梦，走到厨房才发现，灶台上的火竟然没关！整个人都一下子精神了，"小火炖铁锅"竟然炖了一个晚上！铁锅里的水早已干了，只剩一些黑色的残渣。我想象了一下，如果火不小心灭了，煤气泄漏，现在大概会推送一条社会新闻——《情侣带两猫一狗开煤气自杀》。十几个小时啊，火没灭的概率乘以锅子没被烧坏的概率……居然让我赶上了，真是不幸中的万幸，现在想想真的很后怕。

　　毫不知情的张老师听完之后，感叹了一句："原来人真的有自己不知道的 100 种死法。"他替我捏了一把汗，跟我交代，"以后你想吃什么，乖乖告诉我就好，我去做给你吃。"

　　后来每天晚上睡觉之前，他都会试探性地问一句："老婆，饿不饿？饿的话千万要跟我说，我现在去给你做。"

　　哈哈，这就是我从此以后可以不用踏入厨房半步的秘密，算不算因祸得福？

　　前段时间我沉迷《延禧攻略》，每天的心情都跟着宫女出身的女主一起跌宕起伏，整个人都被剧情操控了。张老师起初看我这么痴迷，瞟了一眼，发现是宫斗主题，就笑我幼稚。我不服，要求他跟我一起看一集，还是觉得幼稚才可以笑我。结果才半集不到，他就着了迷，本来说自己该去洗澡了，结果愣愣地站在电视前面挪不开腿，连刷牙都要拿着牙刷跑来客厅。正好看到一段璎珞怒怼反派高贵妃的剧情，他一脸老母亲般慈祥的笑容，认真地跟我说·"哎呀，璎珞真有出息，看得我好燃啊！"

　　呵，谁更幼稚，一目了然。

最美的不是清晨的第一缕阳光，

而是我每天醒来，看见阳光下，你睡在我身边的模样。

你飞舞的裙摆，
是我见过的，
最美丽的风。

My love for you
will always be the same.

我相信的爱情，是纵使我们都有很多种选择，

余生，也非你不可。

不要试图帮男朋友护肤，因为你根本想不到，在你没盯着他的时候，他在怎样用力地破坏你的努力成果。

张老师，一个看似精致的直男，实则精于外在，不懂护肤，认识我之前连防晒霜都不愿意涂。加上疯狂加班等因素，导致他一个二十多岁的人，皮肤老化得像是三十多岁。

我人生中第一次买海蓝之谜就是为了他。之前自己用过朋友的，的确好用，但也太贵了，小小的一罐就要上千块。那时我刚认识他，觉得他这张脸实在太需要拯救了，于是一狠心送了他一套。付款时我觉得自己简直应该获得"感动中国最佳女友"的称号，我这么一个臭美的人，那时都舍不得买给自己啊。

而他呢，至今还会把"海蓝之谜"叫成"海澜之家"。

现在的他，用着贵贵的面霜，每天被我强迫涂精华、涂眼霜，像具死尸一样瘫在沙发上被我摁着涂面膜，被我用红光仪照脸……我在他皮肤上操的心一点都不比我自己的少。

就这样，我以为他的皮肤一定会慢慢好转的，毕竟本美妆博主并不是浪得虚名。可是你猜怎么着？刚才我在他的洗手间里发现了一个劣质的男用 BB 霜。我扫了一下，是某三无品牌的，价值四十元左右。又在网上搜了一下，负面评论一大堆。还好，看样子是刚拆封，还没用过。

我在震怒之下逼问他哪儿来的，结果对方害羞地回答说："哎呀，这是哥们儿推荐的秘密武器，说是很好用！皮肤可以显得很嫩！肤如凝脂，面若桃花。老婆，你看我也在为护肤努力了，不负你一片苦心！"

我欲哭无泪。

我现在拿着所有给他用的护肤品，逼迫他向它们一一道歉。

有时觉得，跟工作狂魔谈恋爱，真的很气人。

如果把张老师关到动物园里去，笼子上贴的介绍卡一定会这么写——

工作狂魔，疯狂加班纲，没有周末目。习性是早出晚归。

请勿投喂，因为他一天三顿都没时间跟你一起吃。

导游会微笑着给你解释："现在你看不到笼子里的工作狂魔，是因为他躲进自己的窝里加班了。不过没关系，我们最多等到半夜，就能看见他了。"

还好，张老师是个很注意形象的工作狂魔，所以我通过观察，研究出了这种动物的生活规律。

如果他早上只用发蜡抓了头发，OK，他大约会在晚上十点回家；

如果他用完发蜡，还喷了定型喷雾，OK，晚上十二点之前你别想看见他；

如果他不但喷了定型喷雾，还把他的旅行装喷雾放进了公文包里——早点睡吧，可以让他帮你带个早餐回来了。

千万不能轻易相信这种动物！他会经常妄想今天可以早点忙完，于是大言不惭地告诉你：今晚我七点钟就回家哦，等我一起吃晚饭吧！

这时候如果你真的等他一起吃，那就大错特错了。不管是提前订好外卖，还是亲自做好饭，倘若你真的试图等他，那估计饭菜全都凉了也等不到。这么一想，也是现世报，我曾经让他在楼下等我化妆的那些时间，全在我等他吃饭的时间上补回来了。

唉，真的不想养了。想放生。

男生玩游戏时能有多痴迷呢，我曾经做过实验——

我们趁周末出去旅行了，住的是酒店，浴室是玻璃房，里面有个帘子。

我洗澡时，隐约听见张老师在外面打游戏的声音，就把帘子拉开了，可他全程都没有发现。

呵，男生都是大猪蹄子，吹吹头发睡了。

我最近在试着"操控"张老师，力图瞬间化解本会理论一番的僵局。比如：

"我们今天别去游泳了吧？你感冒了，游完泳容易着凉，病情会加重的！"

其实是我偷懒不想去……

"就点这个 40 块的青菜吧！刚好能凑够满 200 减 40 的满减呢！"

其实我是想让他多吃点青菜，他又嫌一盘青菜 40 块太贵了。

"你今天水喝得太少了，快去倒杯水喝掉吧！"

其实是我渴了，又懒得动……我知道他一口气肯定喝不完一整杯水，嘻嘻嘻。

效果拔群。

我每次都能看到他深呼一口气，正要发表一番演讲，就被我一句话哄成了乖乖小羊羔。

有次一高兴，我告诉了他这个秘密，他一脸不可置信的表情，又摇摇头说："算了算了，你连猫都能制服，何况是我。随你去了，谁让你是'万兽之王'。"

我和某个人吵架了。

我气鼓鼓的，一回到家里鞋也不脱，直接冲到书房里的椅子上坐着。

他跟进书房，盯了一会儿我的脸，大概觉得从我的表情来看没有理他的可能，于是又低头看看我的鞋，顺势蹲下身，把我的脚架在腿上，帮我脱靴子。

我有些意外，但又要故作淡定，于是昂着头，理都不理。可他不知是不是故意的，拽来拽去把我的脚都弄疼了，我只好悄悄绷起脚背配合他的动作，靴子才被脱了下来。之后他还是一言不发，拿起靴子转身走了，过了一会儿又折回来，挤出四个字"去洗澡吧"，然后走到我背后。我还是不理他，把头转到一边去。突然，我整个人连同电脑椅都动了起来，是他在我后面推着椅背往浴室走。

我觉得好笑，又强忍着情绪，心想：不能说话，我在赌气呢！当初为什么要买个带轮子的电脑椅，搞得我现在任人宰割，一点面子都没有。

就这样，我沉默地坐在椅子上被他推去浴室。整个家里只听得到轮子和地板的摩擦声，两个人各怀鬼胎，故作高冷。经过电钢琴时，轮子被电源线绊住了，我整个人差点从椅子上冲下来，扑到地上。我强行压下了笑意，依旧板着脸。可他把我推到浴室门口时，轮子又被地毯卡住了，那一刻我实在忍不住，笑出了声。

好不容易想要认真生一次气，结果他连一点空间都不给我。

唉，算了算了，这次算你赢，下次再战。

有次我和朋友在三里屯吃完饭，恰好赶上晚高峰。三里屯被堵得水泄不通，打车软件上显示，我需要等三十分钟以上

才能打到车。可张老师还在家等我，我给他发微信讲了一下
情况，说我会晚一点回家。刚按下发送键就收到了他的消息，
说要来接我。

我赶忙制止他："这边太堵了，你过来也要四十多分钟
的。"我想，我多等等就是了，不必让他专门来一趟，和我
一起堵在路上。

可他的第一反应却是："那你去商场里等我吧，里面
暖和。"

到了小区的停车场，离家还有一段距离。我抱怨新鞋子很
挤脚，脚很痛。

他说："那我们换着穿吧。"

其实只有几百米，但我们还是换了。我的鞋对他来说太
小了，他又不肯踩着鞋后跟当拖鞋，只好一路踮着脚走回去。
我们后面有一对情侣，好像是在笑他，他也毫不介意。走了
几步，他说这么穿太累了，我连那句"那我们换回来吧"都
还没说出口，他就把鞋子脱掉，光着脚走了回去。

可能这是情侣之间正常的事吧，可他是一个很在乎自己形
象的人。就算会议再早，他也会提前起床洗澡抓头发。可正

是这样的他，宁愿光着脚走在路上，也不愿意让我脚痛五分钟。

之前我们聊天，感觉彼此都是讨好型人格，万事都要成全他人委屈自己，才能感到安心。还好，以后我们互为彼此的第一顺位，都能得到来自对方的、最优先级的保护和支持。

说这些真的不是秀恩爱，只是我们漫长平凡生活中的，很多很多个一瞬间。

10

————

向永恒开战时，你是我的军旗

我叫他张老师，是因为刚见面的时候，他紧张得整个人都很紧绷，特别一本正经，讲话也一板一眼的。因为这个，我差点给他发了好人卡。发现他完全不是这样的人是后来的事，可在微博上，"张老师"三个字却深入人心。因为我说他经常通宵加班，所以大家就把他脑补成了一个三十多岁、有点秃头的程序员，后来他在微博上发了些文字，大家又以为他是语文老师，但无论身份如何，都逃不出发福的中年男人形象。

我问他："怎么样，要不要曝照扭转一下形象？"

他哈哈大笑，说："不了不了，老点也没什么不好的。"

我说："老有什么好的？"

他说："比如，我们一起到老，就很好。"

张老师平时喜欢叫我"老婆"，我们两个单独相处的时候这么叫还好，偶尔在别人面前他也这样叫我，起初我会觉得有点不好意思。

后来我跟他说："要不你别叫我老婆了吧，现在又不合法对不对？留着以后再叫吧，不然以后就没有新称呼了。"

他说："等你嫁给我了，我要叫你宝宝啊。你都是我妻子了，还不是我最宝贵的人吗？我要每天叫你宝宝，一直叫到咱们成了老头和老太太。现在嘛，就叫老婆，我就是要知法犯法。"

昨天我问他："在一起这么久了，感觉我们的生活都没什么起伏，你会不会觉得没有新鲜感了？"

他说："新鲜感不是和不同的人去做同样的事，而是我和你一起去做不同的事，感受不同的未知。"

其实，和喜欢的人在一起就像读书。每天翻一页，就能更了解他一些。读得越多，就对他越好奇，越想认识下一页的他。

喜欢的人可能是本永远不会剧终的超级连载吧，我会一直追番的。

我疯狂地迷恋着拥抱。

两个人黏在一起，被彼此的温度包裹和同化，他的心跳隔着胸膛传来，那节拍是会催眠的。把下巴搭在他的肩膀上，弧度恰好合适，仿佛造物主在设计我们时，精心计算和打磨过他的肩膀和我的下颌骨。

拥抱是尘世的奖赏。

每当我浑身冰凉地钻进被子里，看到他近在咫尺，睡得正香，他和他周身散发着的温度是我在这寒冷的冬夜里最渴望的东西。我像是吸血鬼，像是饿狼，恨不得现在、此刻、马上，从头发到脚趾，把每一寸的自己都贴在他身上取暖。

然而，像我这么迷恋拥抱的人，在听到他平缓的呼吸声时，还是会一动不动地熬到自己逐渐温暖起来，才蹭到他身边，轻轻地扑到他身上。

按朋友的话说，我是个活得非常紧绷的人。

他说："么么晗，你最大的问题是，你总是一副不需要任何人的样子，这让人对你毫无保护欲。"

的确，我最不喜欢给别人添麻烦，遇到再大的困难也是自己一个人消化。大概是因为缺乏安全感吧。在感情中，我也总是摆出一副与另一半势均力敌的架势，仿佛在宣示：即使我失去你，我也一样会过得很好。

可我那不是真正的独立。相反地，我非常缺乏生活自理能力，脑子迷迷糊糊，只是无论过得多惨都不跟别人求助，所以也没人知道。只有我自己明白，这不是独立，这只是硬扛。

看到很多人可以心安理得地接受大家的帮助，我其实是很羡慕的。他们值得一切温柔的对待，也许我也值得，只是我总是不知该如何回应，越感人的示好，就越让我手足无措。我曾以为，我是个天生的奉献者。

直到前几天，我的朋友写了一篇文章，推送之后叫我去看，说是提到了我和张老师。

她记录了一件小事。

我们去她家玩，暖气太热了，就把外套脱了放在一边。临走的时候，我刚站起来，张老师就拿起了我的外套，帮我展开。

那时我还在专心和朋友聊天，就自然地把两只胳膊举起来，像小学生一样等张老师帮我套好。她写道，那一刻我的脸上一点感动或是诧异的表情都没有，仿佛这就是生活中最正常的一件小事。

的确是这样。其实，在看到这篇文章之前，我甚至没有意识到我和张老师之间有这个习惯。

沉下心来仔细回想，自从张老师因为怕洗洁精会腐蚀我的手而严令我不准洗碗，我就再也没碰过洗碗槽了。偶尔我给自己做饭，吃完之后都是把碗放在厨房，等他下班回来帮我洗好。想吃水果了，也是等他帮我洗了才吃。

说这些不是在炫耀，只是这样的细节的确浸入了我的生活，一切都自然得让人意识不到。

在他面前，我的确慢慢卸下了"独立"的伪装。

我不知道这些转变是从什么时候开始的，大概是他毫无保留的呵护和坦诚，让我逐渐习惯了这种相处模式，逐渐融化了我心里冰封已久的柔软。

在之前的感情经历中，朋友们总是告诫我，不要太快向一个人倾注心血，不要太快把底牌亮给别人看。过度的宠爱只会让对方忘乎所以，以为这一切都是理所当然。

可现在我却觉得，在一段彼此都懂得理解对方的关系里，那些理所当然的宠爱，才是安全感的原材料。

曾经我以为，爱意要留给自己，因为若是给了别人，不一定能够得到回报，到最后，兜兜转转，只有自己没有得到疼爱。可遇见他之后啊，我们把全部的爱都给了对方，而自己得到的爱，却只增不减。

有句话说："喜欢是放肆，而爱是克制。"

我却觉得，爱，是两个人自此毫无克制，彼此放肆。

每个人都会有很多标签，
但"么么哒的男朋友"，
　是我最喜欢的一个。

Part 2

余生，请善待俘虏

O1

王炸万岁万岁万万岁

男生和女生关于甜的回忆很不一样。

可能是我太直男了吧。她去看我踢球，我觉得甜，她在一边看手机，偶尔看看球，对手队友在看她，偶尔看看我，那一刻进不进球已经不重要了，腿会不会被踢断已经不重要了，谁是赢家，一目了然。

她陪我去打麻将，我怕她无聊，要她在旁边打游戏。临近十二点，我问她困不困，她反问我坐得累不累，起身给我揉肩，对面三家投来死亡凝视，那一刻放不放炮已经不重要了，你们尽管自摸，谁是赢家，一目了然。

她说我好久没有发朋友圈了，可是她没注意，虽然发得少，但最近几条都是关于她的。认识她以后，最值得炫耀的应该就是她吧。我从来都不是一个喜欢秀恩爱的人，可真的就是喜欢啊。因为喜欢，所以她就是天下第一。不，她本来就是天下第一，和我喜不喜欢没有关系。好险，差点犯了政治错误。

还有那些觉得甜的小事。

我们去自驾游，开在云雾缭绕、十分危险的山间小路上，我开得惊心动魄，她却一脸泰然自若，我想，这该是对我有多信任，才可以在一旁睡得熟到打呼噜。她睡觉的时候喜欢枕着我的手。有时候我半夜醒来，整个胳膊都麻掉了，可是我刚准备抽出手来的一瞬间，还在做梦的她就下意识地抱住了我的胳膊，那一刻那种被需要的感觉真的好甜啊。

还有一个重要的时刻她竟然只字未提，就是在我告诉她我的手机密码是她生日的时候，看似云淡风轻的一句话，可那在我的编年史里，简直就是投递降书的一刻啊！自此我扔掉武器，没有秘密，全身上下没有可以伤害你的东西，仅剩下唯一的叮嘱——

请，善待俘虏。

"你为什么也开始玩微博了？"

"因为你有 400 万粉丝，而我只有你。"

"有我不就足够了吗？"

"可我也想有 400 万粉丝。"

"为什么？"

"想等我有 400 万粉丝的时候，跟你再说一遍那句话。"

"什么话？"

"而我只有你。"

我的微博 ID 是"各位观众四个二"，里面记录的全是我和她恋爱中的小事。她的微博小号 ID 是"各位观众王炸"，我的简介是"王炸万岁万岁万万岁"，其中谄媚，一目了然。

我在微博上并没有公布真实身份，但头像用的是我外甥果果的照片，被一些生活中认识我的朋友看到，就过来找我求证，脸上全是一副不可思议的表情。因为平日里，我虽然不至于面露凶光，但至少看上去不是一个情意绵绵的人。在快节奏的工作中，我眉头紧锁、待人严格、言辞犀利的时候更多，所以线上、线下的反差，让他们觉得我是一个性格特别分裂的人。

　　其实对于我来说，写下与恋爱有关的文字，是为了记录那些怦然心动的瞬间，那些鲜衣怒马的片段，当自己老了，回头来看，也曾肆无忌惮地肉麻过，就算尽了兴。我很喜欢是枝裕和的电影，喜欢他能把日常的琐碎拍成宇宙，我也相信，在我们那些细枝末节的小事里，你能听到喜欢一个人时，那不均匀的呼吸。

　　愿我总能落笔成河，里面是涓涓潺潺的爱意。

　　人们也不必好奇，因为若非遇见你，我又怎会有如此多的情意。

　　我想说，谢谢你喜欢我。

　　每个人都会有很多标签，但"么么晗的男朋友"，是我最喜欢的一个。

02

我俩并不特别的开篇

我和她是我们共同的朋友里则林介绍认识的。

那是一个月黑风高的晚上，我和她还不认识，当晚她和里则林在聊天，聊到单身问题，里则林给她总结了一下，说她不谈恋爱是因为圈子太小，没有接触到真正的好男生。说完，想了一想，就把我的微信推给了她，并留下了一句让她印象足够深刻的评价——这个男生啊，优秀。怎么个优秀法呢？坦白讲，优秀得让我都想和他搞基。

里则林告诉我这件事后，我十分感动，作为被推荐人，立刻将他奉为上宾，感谢他促成了这段缘分，并表示以后如果需要，端茶送水鞍前马后我都在所不辞。

直到有一天，我听到了故事的另一个版本——开头还是一样，当晚她和里则林在讨论单身问题，不同的是里则林说她没谈恋爱是因为圈子不够广，根本没有接触几个男生，完全没有选择的空间。说完就像老鸨一样甩给了她几个男生的微信，并留下了一句让她印象足够深刻的话——这几个男生啊，我教你一招，你同时加，到时候撩到哪家是哪家。

原来我一直以为我是保送，实际却差点成了陪跑；

原来我一直以为我是内定，实际却差点成了陪标。

只是里则林万万没有想到的是，她在这么多人当中，就加了我一个。

在世界的另一端，里则林当晚跟那几个男生分别打了招呼，说等下会有个仙女加你，留意一下。我逐渐对里则林有了一种复杂的情感，逢年过节，总想叫上当年那几个被给了微信、一起参加高考的哥们儿一起去里则林家拜访，有点那种无论考上或没考上，都去感谢师恩的意思。

后来我和她在一起了，知道了事情的原委，我就问她："你为什么只加了我一个啊？"

她一笑，说："也没啥，就按首字母排序呗。"

我哦了一声："咦？不对呀，明明我的名字首字母是 Z，难道是倒着来的？"

她笑着说："其实是因为头像，当时你用的是一个小孩的头像，我觉得特别可爱，就加了。"

我心里暗暗一惊，男生啊，永远不知道风平浪静的背后发生了什么。那个小孩是我的亲外甥果果，看来红娘虽然是里则林，但神助攻的其实是果果。都说外甥打灯笼——照旧（舅），原来也是"罩"舅啊！

承蒙关照，多谢了多谢了。

双鱼座的她天性浪漫，之前虽然单身快两年了，但脑补的男朋友出场方式，可完全不应该是"朋友介绍"这般老式和无聊。可能是电影院里，恰好独自来看电影的两个人，偶然的视线交会；可能是某个雨天突如其来的一把大伞，不然至少得是某次尴尬情景下对方很暖的一个解围吧。但偏偏不是这些，就是很老派的朋友介绍，在她看来，这是无法接受的"相亲"式的认识。而这个方式，让她一直耿耿于怀，说我们是相亲认识的，差点给我发了好人卡。

　　女生可能天生都爱浪漫吧，谁不希望自己的意中人是踩着五彩祥云，踏着动人的 BGM 出场的？可其实在我看来，出场方式真的没有那么重要，无论你来自探探、陌陌、QQ 空间，还是酒吧、音乐节，无论你是踩着七彩祥云还是共享单车，重要的是，出场的这个人。他是否三言两语，眼神交会，就能让你平地起惊雷，那种感觉让你觉得十分特别，就像电影里的主角出场，一见到他，你就知道这个人，有戏。

　　因为我相信，如果不是对的人，就算放在一起，也不会有什么火花。

　　我依然记得我们第一次见面的情景，普普通通相约在朋友家，她笑靥如花，灯不亮，可我分明感觉视线所及之处，她在发光。屋里的音响随机放着歌，每当有情歌经过，我都感觉一阵脸红，像被点明了心声。她的头上没有追光，可我分明感觉，她就是黑暗中唯一的光亮，自此，我的眼睛，再也没有挪开过。我知道这不是一个很特别的开篇，但重要的是，我们的故事，从此开始。

　　我们的感情，是从我膝盖的半月板聊起的。

经常运动的人都知道，半月板是基于大腿和小腿之间的软骨组织，起到桥接和缓冲的作用。很多明星运动员就是因为半月板撕裂从此告别球坛，而我呢，没有球星的命，却得了球星的病。

我平时很喜欢踢足球，半月板撕裂之前，每周都要踢上一两场，如果遇上加班，会在办公室找个没人的地方踢几脚墙作为发泄。从小到大，我运动几乎从没有受过伤，自觉受到了老天的眷顾，于是也不注意防护。也许真是命有此劫，在一个寻常的下午，我的左膝半月板撕裂了。拿到核磁共振的检查结果，医生平静地说："今后你再也不能剧烈运动了。"

对于一个运动成瘾的人来说，这是种什么样的痛苦呢？就像催乳师断了手，鉴黄师瞎了眼。

那段时间真的很难过，我在朋友圈展开了盛大的告别仪式，球鞋告别拍照发一波，球场告别拍照发一波，球友告别拍照发一波，医院复查拍照发一波，手术发一波，复健发一波，总之就像一个突然失恋的人，在与这个世界做着浮夸的告别。

而那时候，我和她正好通过朋友互相加了微信，两个人天南地北，没有重叠的生活经历，很难找到共同话题。我们那个共同的朋友已经被我们聊了个底朝天，如果有"视奸"的话，可以说他被我们"聊奸"了几百回。眼见着两个人再也找不到共同话题，就只能尬聊了。

这时，我的膝盖半月板应运而裂。

遭遇变故的人，总是有说不完的故事和一颗想要分享的心，于是我就把这一路遭遇的事儿分享给她。

比如去医院复查半月板，我跟她吐槽现在的年轻小朋友真的很不爱惜身体，摧毁膝盖半月板的方式有很多种，像我和众多篮球、足球明星一样，是由于激烈对抗造成的。这次去医院复查，第一次见到小姑娘因为蹦迪把半月板蹦碎的，我提着我的病例袋站在旁边，一边摇头，一边默默记下了那个酒吧的名字。听到我记酒吧的名字，她在那边哈哈大笑。

自然还有一些别的感悟，比如我做膝盖手术住院的第一晚，对铺的大叔手术刚做完，因为是全身麻醉，术后两个小时不能熟睡，否则会引起重度昏迷。他妻子每隔十分钟就叫醒他一次。当时已经凌晨三点，为了不让自己睡着，她站了起来。我挺感动的，对她说："有时候，想要睡你的人很多，想要陪你一直醒着的人，很少。"

那一刻我看见她的微信对话框停顿了一会儿，然后过了很久她回了一句"真好"，虽然只有简单的两个字，却感觉相隔千里的两个人，在对待感情的方式方面找到了共鸣。再后来，我们的话题越来越多，感情也慢慢升温。

直到现在，聊起当初的窘况，我也会开玩笑地跟她说："幸亏当时我半月板碎了，不然两个人太不熟，还真不知道跟你聊啥，也许聊着聊着两个人就聊垮了，所以我得感谢我破碎的半月板，成功引起了你的同情。"

她说："笨蛋，不是同情，是我看到了一个有趣又善良的灵魂，而且幸运的是，我们对感情的看法如此一致。"

我嘴角一笑，低头望着膝盖上手术留下的两道疤痕，想到伍迪·艾伦说过的一句话——万物皆有裂缝，那是光照进来的地方。

我想说，那束光就是你。

03

————

我的意中人是一个盖世英雄

当我发现自己喜欢你的时候——

是明明已经困到不省人事，背对着手机睡下，听到你的微信，还是决定转身；

是洗澡洗到一半，看见你发来信息，连忙用毛巾擦干手上的水给你回信；

是打游戏打到团战正酣，看到提示立马切出去回复。

当我发现喜欢你的时候——

是让你等待的每分每秒，都会于心不忍。

恋爱最惊心动魄的一刻，应该就是表白吧。

　　像捏了一张不敢打的牌，隐约中觉得是炮，可不打自己又没办法听牌，心痒，又心慌。

　　像潜伏在森林里跟踪麋鹿的猎人，头上插满绿植，身上糊着稀泥，已经到了最佳距离，可一旦开枪射偏就会前功尽弃，那，还扣不扣扳机？

　　在对话框里编辑了半天——在干吗，有个事儿跟你说，你觉得我怎么样……不行不行，统统删掉，删了又打，最后好不容易鼓起勇气，单刀直入——我喜欢你。

　　发完感到周围一片死寂。

　　深吸一口气，盯着手机，竟然长达三秒都没有回应！难道她没有看信息？手机被扒啦？不对，明明刚刚还在别人的朋友圈点了赞。假装没看见？难道出车祸了？不行，我要报警。

　　啊，来了来了，显示对方正在输入，停止，对方正在输入，停止，对方正在输入，停止……

　　这几秒的等待怎么形容呢？

　　是一种失重的恐惧——

　　像飞机起飞，像过山车拐角，像高空蹦极，先表白的人是勇敢的，他把自己抛向了空中，耳边是呼呼作响的风，急速的自由落体。

还好，你的回答，让降落伞在空中，开出了一朵小花。

怎么看一个人究竟爱不爱你？去打一场《王者荣耀》。

最好，还是排位赛。

我以前从来不打游戏，和她刚认识的时候聊天到一两点，都说困了。于是互道晚安，我转头就睡，第二天醒来翻朋友圈，发现凌晨三点她竟然在朋友圈炫耀超神战绩！说好的睡觉呢？！人与人之间最基本的信任呢？！我心中一顿苦闷，感觉被绿了。朋友安慰我："你不玩，你们怎么会有共同话题？"

于是我开始入坑，听说后裔上手快，便偷偷注册了个账号，刚把新手任务做完，就开始意淫无数个英雄救美的场景——如果有人欺负她，我一个大招远程支援，然后开个疾跑跑到她身边，利用我风骚的走位、威猛的操作瞬间秒杀对手，然后对话框调整到全部："你个腊鸡，我的女人都敢动？！"打完字，技能冷却完毕，对着敌方水晶方向再空放一个大招，敲山震虎，以儆效尤。

万万没想到，我的大招从来没命中过目标，倒是经常砸到走在乡间小路上准备去打野的人，那人一脸蒙，这才叫祸从天降啊！这未必是人类的操作？意识领先人类 50 年好不好！"盲狙"有没有？团战的时候，我毕竟没见过什么大场面，瞬间点燃的战场实在太过刺激，我的每一个技能都像紧张过度而引发的尿失禁，射向谁、射多远完全不能把握，时间只能随机，方向不能自控，就像无意引爆的烟花仓库，失去控制。

于是我几乎承包了所有的第一滴血。

正垂头丧气，朋友过来拍拍我说："别急，这个游戏是需要有人带的。来，拉我，带你飞！"他打辅助带我，三盘过后，我们俩成了同年同月同日生、同年同月同日死的好兄弟，在荒郊野地一起被杀，在我方水晶一起登台，于是有了个响当当的组合名——double killed。我拍拍朋友的肩膀，说："兄弟，这个游戏给我带来的回忆，怕是不方便成为共同话题，我实在没有脸邀请她打游戏。"

因为看到她的段位才知道，她是王者。

我刚准备卸载《王者荣耀》，她突然发微信说："怎么，刚看见你在线，你也打《王者荣耀》吗？不是说不打游戏的吗？"

我一时语塞，说："哦哦，今天刚注册的，和朋友玩了两把，没啥意思，准备删了。"

她说："哦，你和朋友玩都不和我玩。"

她说完这句话，我长按删除的动作变成了点进游戏。

她喜欢用干将莫邪，千里之外取人首级，我只会玩后裔，千里送人头礼轻情意重。她每把 MVP，我每把倒数第一。她不仅是技术上的王者，更是喷垃圾话的王者，无论对手还是队友，稍有不慎，一视同仁。而且对于敏感词汇的规避颇见功底，杀人诛心，双管齐下。我不仅好奇她的技术操作，而且更好奇她是如何在那么高速的操作中还能保证大量的垃圾话输出，看得我简直是目瞪口呆，惊为天人。

可是，她从来没有骂过我一句，无论我打得有多烂。

每次打完，无论我的评分多少，她都给我点赞。她总是变着法子来夸我，哪怕是我擦枪走火，她也能把那光亮当作闪光点。我拿了一个人头，她全场道贺；我评分不是倒数，她夸我进步。我用射手走下路，她用法师玩中单，全程盯着小地图，我这边一有风吹草动，她立马过来支援，哪怕是我出

《抚生·孤暮朝夕》

辛夷坞 著

青春文学领军人物辛夷坞写
作十年惊才转型
首部仙侠古风长卷绝美呈现

《同学录》

书海沧生 著

继《十年一品温如言》后，书海沧
生高口碑备受期待之作。
有高山四季，有河水千古，有人，
等你到泛黄岁月的最后。

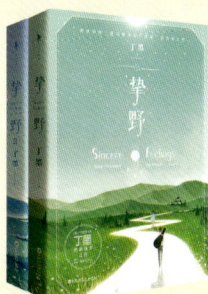

《挚野》

丁墨 著

燃情演绎"爱与梦想永不坠落"
的信仰之旅
我这辈子所有的热情，只为
两样东西——音乐和你。

《往后余生都是你》

大柠 著

《和你在一起才是全世界》后
大柠全新暖甜告白书
山高水长，满天星光，
不及你在我身旁。

《和你在 一起才是全世界》三部曲

大柠 著

畅销百万册的爆笑恋爱日常，
暖 cry！萌 cry！甜 cry！
世界很大，人山人海；
世界很小，只你共我。

《我有预感明天也会喜欢你》

么么晗 张一然 著

火爆微博的情侣交换日记
引发千万读者欢美和转载
我发现我昨天很喜欢你，今天也很
喜欢你，我有预感明天也会喜欢你。

《十九日》

君约 著

暖爱作者君约高口碑悬爱力作
有你等我，一场重逢，便可赎
岁月蹉跎。

《喜欢的另一个名字是你》

苏秦欢 著

纸短情长的甜蜜告白书
暖萌甜青梅竹马恋爱簿
关于爱情所有的定义，都是你的名字

《我的心上人》

夜蔓 著

人气作者夜蔓暖心书写怦然心动
的初恋
我单薄的心，只因你的到访，
便盛开了一个春天。

《我依然在你身边》

景行 著

作者景行暌违八年全新力作
以一场樱花之恋，许你一个八
年之约

《确认过眼神，遇见对的人》

许七年 著

情感"修复师"许七年首部
疗愈暖心故事集
读走心的故事，听动人的情话，
陪你说一世晚安！

《天气预报说明天有你》

孟瑞 著

畅销书作家孟瑞全新诚意力作
13个炙热而深情的故事
晴天雨天，愿我的明天
总有一个你。

《今天也想表白你：
小绿和小蓝 2》

笛子 Ocarina 著

亚洲动漫榜"年度最佳
条漫剧本奖"加冕作品
腾讯动漫点击量破 20 亿次，
千万网友读后竭诚推荐。

《天呐，我好喜欢你！》

李淡淡 著

知名插画师李淡淡暖心爱情
治愈绘本
我们的初衷是给你生活一点甜！
谨以此书献给相信爱情的人。

《我喜欢你，你也
喜欢我好不好》

阿爪 著

新晋暖萌治愈系漫画作者阿爪
首部漫画作品
爱宠人士必 buy 的激萌漫画

敬请期待更多好书……

《酒鬼一家：
一起实现的事》

老炭头 著

《酒鬼一家》手账系列
完结本
这不是结束，而是另一种
方式的开始。约好了，我
们还有长长久久。

《我念你如初》

顾西爵 著

暖萌青春代言人顾西爵
再次书写暗恋心事
昆曲向死而生，
我，向你而生。

《补梦奇异馆：你
好，请问这里是》

三千水母 著

95 后鬼才作家、前微博大 V
补梦馆长，震撼回归之作
细思恐极，天马行空
继"平行世界的另一个你"后，
开启"你好，请问这里是？"

《暗格里的秘密》

耳东兔子 著

人气作者耳东兔子
暖心青春之作
我们半世相逢，
依旧少年如风。

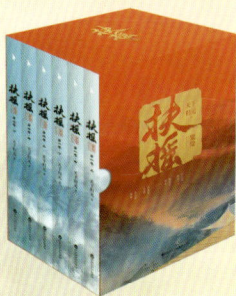

《扶摇皇后》

天下归元 著

人气畅销作家天下归元古言经典
杨幂×阮经天主演电视剧《扶摇》
原著小说

《凰权》

天下归元 著

人气畅销作家天下归元古言权谋经典
陈坤×倪妮主演电视剧《天盛长歌》
原著小说

《风衷录》

天如玉 著

实力作家天如玉暖萌仙侠力作
继《香蜜沉沉烬如霜》后备受
期待的仙侠小说。
尘世春酒，流光浮梦，风里诉忠，
唯与你共。

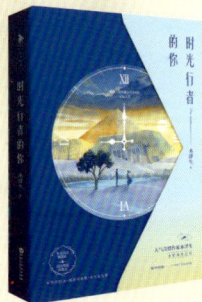

《时光行者的你》

木浮生 著

人气言情作家木浮生全新治愈之作
有你的时光，凤愿可冰释，余生
有可期。

《人间欢喜》

随侯珠 著

暖甜青春作家随侯珠全新萌爱力作
青梅竹马，年岁芳华，我还是很喜欢
你，像 $\sin^2+\cos^2$，始终如一。

《他从火光中走来》

耳东兔子 著

人气作者耳东兔子燃情暖心力作
你去守护四方平安，我会守着你。

现了明显的失误，她也从来没有喷过半句。倒是我的队友骂我的时候，她像一个炸药包一样一点就着，疯狂护短，这和我以前想象的场景完全相反，那个说"你个腊鸡，我的人你也敢动"的人是她。我打得烂，确实有些丢脸，可那一刻却又有一种难以名状的幸福。她知道从来不玩游戏的我为了她开始打游戏，所以她小心翼翼地保护这份用心，我也才恍然大悟，原来直男有时候也需要安全感，被爱和被保护的时候也会觉得幸福。

　　所以现在，玩游戏赋予了我很多游戏之外的意义，就像每当我走下路，她走中单的时候，出塔的我会自信很多，因为即使没有了塔的保护，我也知道——

　　我的意中人是一个盖世英雄，会用干将莫邪来救我。

04

——————

第一印象都是假象

"你女朋友这么好看，你会不会没有安全感啊？"

老是有人这么问我。

其实，说句实话——

我女朋友不仅好看，身材也好，很有才华又很有趣，既善良亲切，又热情狂野，更重要的是，她人品一流。

是你太肤浅，她远远不止好看那么简单。

第一印象有多重要呢？

我不知道，但我知道，她看到的一定是假象。

她对我的第一印象是呆板老实，不苟言笑。比如第一次去她公司接她吃饭，坐在她对面等她的时候，我竟然打开电脑处理文件，弄得她的同事以为我是来和她谈业务的，于是端来了两杯茶。比如第一次我约她看电影，没有挑轻松有趣的爱情片，挑的竟然是讲亲情的印度片《雄狮》。

可实际情况呢？

我带着笔记本去她公司是为了显示我很上进，刚谈完事情回来，不能让她知道为了这顿饭我把一天的事情都推掉了，初次见面就如此重视显得我过于激进，使不得，使不得。而我到了以后，她的事情还没弄完，要我在她办公室等她，相对而坐，我一抬头就能看见她的眼睛，真的有些不好意思啊……于是我就拿出了笔记本。这样，就可以合情合理地让我的视线对准她的方向，又不至于显得不礼貌，而且能够在她发现我盯着她的时候把视线转回到显示屏，可进可退，可攻可守。但人家在工作，我总不好打开个电影看吧，于是就打开了 Word，光打开 Word 有点假吧，于是我假装在打字，键盘敲得啪啪响，偶尔停下来切换下节奏按几下回车和删除键，从细节上让这个伪装更完美。

我们第一次去看电影，我为什么挑《雄狮》？纵观同档期内的电影，这部片子最催泪！我想的就是攻克她的情感防线，在她最脆弱的时候乘虚而入！看电影的过程中我一言不发，为何？是不想打破这煽情的气氛，让她完全沉浸其中，声泪俱下，我才好下手啊。

只不过，这些计划都因为各种原因翻了车。

我想，无论男生或者女生，无论他们表面上显得多么呆板无聊，只要真心喜欢一个人，至少他们的内心一定是波澜壮阔、此起彼伏的。

你看到的镇定都是假象，每一个恋爱中的人，都是过度解读专家，内心戏国家一级辩手。

○5

___

我们已经互相喜欢 365 次了

她小腿上有块伤疤，是夏天留下的。

那会儿我在无锡，本来答应一周结束工作后去北京找她，没想到工作要延期到一个月。

我给她打电话，满怀歉意，说："不好意思，可能见面又要延期了。"

她说："你别动，我去找你。"

于是她订了第二天早上八点的高铁票，习惯晚睡的她为了赶车，前一天晚上早早就睡下了，可没想到失眠了，直到天亮才睡着。第二天在十几个闹钟的轮番轰炸下都没有醒来，等到我给她打电话时，离发车只有一个小时了。

我说："宝宝退票吧，明天再来。"

电话那头的她很是倔强，说："一定能赶上！"

她简单地收拾完，很快就打了一辆车，在语音中我听到她不断地根据地图提示司机更换道路。随后她打开手机，决定买一张九点的动车票作为 plan B。发现当日的火车票和飞机票都没有以后，她又想到了 plan C——买一张去附近城市的火车票，然后中转。

我发现在很多关键时刻，她表现出的韧劲儿比我更大。在这个过程中，虽然我也在想着各种办法尝试去解决问题，但情绪上还是沉浸在不能见她的失落中，她却在积极地寻找一切可能的解决办法，不到最后一秒，决不放弃。

最后，她竟然真的在离发车还有十分钟的时候赶到了车站，但奇迹终究没有发生，列车已经停止检票。她给我打电话，声音有点哽咽，说真的只差一点点，要是今天没穿高跟鞋，再跑快一点，可能就赶上了。

那双高跟鞋，是前一个晚上，她说特别漂亮，一定要穿着见我的。记忆真的是一个奇怪的东西，虽然我没有亲眼看见，但我的脑海里满是她拖着行李箱，穿着高跟鞋，有些跟跄地奔跑在火车站台的画面，那一刻大概是异地恋觉得最无力的时候，我想抱着她，告诉她——亲爱的别急，我就在这里等你。

为了早一点见我，她还是订了第二天早上八点的票，可有了前一天的经历，她决定通宵不睡觉，收拾好了直接去车站。那天早上，她凌晨五点就开始收拾，有了充足的时间，我也早早地起床，像是要过一个特别的节日，提前一小时去车站接她。

我记得列车到站的时候，从高铁站的扶梯下来密密麻麻的人，在人群中我却一眼就看见了她。阳光从玻璃外边照射在她身上，衬托出十分好看的轮廓，她穿着红色的长裙，是我最喜欢的那一条。

可当她走近时，我却发现她小腿上有块很长的伤疤。来不及拥抱，我赶紧问是怎么回事。她这才告诉我说，昨天赶着出门，本想美美地见我，却发现长裙还有些褶皱，为了省时间，她直接穿着衣服用熨烫机去熨，结果一不小心，小腿就被烫着了。

我一时间什么都说不出，我终于能紧紧地抱着她，告诉她我有多心疼了。

她嘟着嘴问我："你看我这个伤疤，穿裙子是不是特别丑？"

我眼眶泛红，说："笨蛋，你飞舞的裙摆，是我见过的，最美丽的风。"

听歌里唱："就算全世界对你恶语相向，我也要对你说一世情话。"

其实，情侣之间说的大多是废话——

"吃了吗？"

"吃的啥？"

"想我不？"

"有多想啊？"

……

只是因为喜欢，废话才变成了情话。

她从北京飞来找我，我问她待多久，要把给她制定的详细行程规划讲给她听。她说不用，哪儿都不想去，只想和你虚度光阴。

我敢说世上所有的美化工具里，最能够变废为宝的，肯定是谈恋爱这款滤镜。

异地恋的时候，每次她来，都像过节。

我会开着车，带她吃遍整座城市的美食。

有句话说，管得住男人的胃，才管得住男人的心，我想这句话用到女生身上也十分契合！每次她飞过来找我，刚放下行李，第一句话就是："走，今天我们去吃什么？"搞得我不禁深深地怀疑，她到底是想我，还是想巷口那几块糖油粑粑？

可我一点也不生气，还是乐此不疲地带她去吃。两个人在一起，排队都感觉没那么累，即使吃同样的东西，每次的风味都会不一样。快乐总是很短暂，只有吃饱了，才有力气送她走，不至于在机场哭得稀里哗啦的时候，肚子还在咕咕叫，那场景实在太惨啦！

一转身，看着你离开这座城市，我已经带你吃遍了这里的小吃，吃遍了我的日常饮食，这样当你不在时，我就可以——

在吃煲仔饭的时候想你；

在吃酸汤鱼的时候想你；

在吃臭豆腐的时候想你；

在吃螺蛳粉的时候想你；

在吃蛋炒饭的时候想你；

在闻到方便面香味的时候想你；

在听到糖油粑粑滋滋炸响的时候想你；

在老板问我"吃圆的还是吃扁的"的时候想你；

在每一次犹豫不决"今晚到底吃什么"的时候想你……

我要我所有香的、甜的、酸的、辣的、特别的、不特别的饮食体验都和你一起，我要我所有关于食物的回忆里都有你，我用我所有可以感知味道的感官感受你，我要我所有的饥饿感都来自你。

你就是我的一日三餐——我要吃你。

谈恋爱真的会把智商拉低。

我在长沙，她在北京，这个月已经是第三次把给自己点的外卖送到她家了。中午太忙随手在 App 上点了个餐，过了快一个小时还没到，人已经饿到昏厥，"弥留"之际接到一个电话，还以为是外卖，结果电话那头传来她的声音："老公，我早就吃过午饭了，干吗还要给我点比萨？"

　　北京喜茶开业那天，她发朋友圈说非常想喝，那一刻异地恋的无力感涌上心头。幸亏我机智，赶紧下了一个能够帮人跑腿的 App，可一听是喜茶，根本没有人接单。我不甘心，搜了好半天，终于在一个很小众的 App 上，有人接单了！

　　可我高兴没多久，接单师傅就给我打电话，说："不好意思这单做不了，队伍快从三里屯排到张家口了。"

　　见他准备挂我电话，我说："大哥，你等等，我加您微信，除了 App 上的钱，我再给您转 200 小费。"电话那头的师傅沉默了。

　　"您别考虑了，400 好不好？我女朋友真的很想喝。"

　　他最终被我的真诚打动，答应下来。我俩加了微信，师傅说他已经赶到现场，给我发来了他在现场拍到的一张人山人海排队的照片。我颇感欣慰，这 400 块，值！然后心满意足地回到了朋友圈，将我的右手食指伸长到极致，狂跩酷炫地给她那条朋友圈点了一个赞，有种"朕知道了"的霸气。喜茶确实是火啊，朋友圈都在刷，她等会儿就能喝到了，该有多开心啊！等等，等等……这些照片好熟悉啊，无论是角度还是构图都和那个师傅拍的一模一样。我忽然有种不祥的预感，赶紧给那个师傅发微信，果然，对方已经把我拉黑。

随后，和那个师傅一起默默消失的，还有我在她朋友圈喜茶那条下点的赞。

这大抵是我成年以来唯一一次上当受骗吧。以前看到那些互联网犯罪诈骗，总是嗤之以鼻，觉得任何骗术都不可能骗到自己，现在想想，当时的情形，我应该1000块都会掏吧。这完全取决于她，她对那件事物的渴望有多强烈，我就会有多盲目。

以前总说自己是滴水不漏的人，可和她在一起的时候往往漏洞百出，丑事做尽，内裤反穿，在停车场找几个小时的车……以前自己无论买什么东西都会精挑细选，货比三家，可后来给她买东西从来都是一口价。

因为喜欢让我忘了算计，毕竟荷尔蒙从来不讲道理。

她说，这世界上，如果真有一种药能让人返老还童，那一定是喜欢上了一个人，因为情到深处自然萌。

话虽有理，可我却忍不住掉下泪来，因为——情到深处也自然穷。

我们已经有11天没有见面了。她昨天给我发微信说："老公，能不能发几张照片过来？我已经有点记不得你的长相了。"

异地恋真是苦啊。

我发完照片，又看了一下日历，掐指一算，离下次见面还有十多天。按她这个遗忘的速度，我现在应该着手准备我的个人简历了，到下次见面的时候可能要来一波详细的自我介绍——

你好，同学，我是你的男朋友，很高兴认识你。

她说每次久别重逢都有一种陌生感和疏离感，相距1400多千米，经过两个小时的飞机，我突然站在她身边的时候会觉得特别不真实，甚至刚见面牵她的手、拥抱她的时候，她都有些害羞和不自然，嘴里还开玩笑地说："哎呀，我是真的有一个男朋友。"习惯之后，她又会问我说："我老是这样，你会不会很没有安全感啊，怕不怕我有一天把你忘了？"

我想起很早以前看的一部电影，男主出事故昏迷了几天，醒来的时候已经失忆了，什么都不记得，只看见一个很美的姑娘坐在床边。

他问："我怎么了？"

女生说："你出了车祸。"

男主："你是谁？"

女生说："我是你妻子。"

男主伤痕累累的脸上露出了开心的微笑，说："我真幸运。"

所以我从来不怕你将过去遗忘，只希望每次重逢，你都会重新喜欢上我。从来不强求你非要记得，只希望每次重逢，你都会做出同样的选择。

这样，我们的喜欢就不是凭着惯性，而是命中注定。

这样，当别的情侣说"算下来，我们在一起已经有365天"的时候，我才可以特别牛地说："这算什么，我们已经互相喜欢365次了。"

06

穿过这危险世界，让我带你回家

2017 年的最后两天，

我带上所有的行李去找你。

没有春风十里，

只有北风一千五百千米。

一路经过长沙、武汉、郑州和石家庄，

车上有吉他、书籍、衣服和一点干粮。

我带上我的细心和体贴，

也带上我的自私和怯懦。

带上一路向北的义无反顾，

也带上路旁双闪灯下的泣不成声。

我把这些好的坏的，

都打包成一个完整的我寄给你。

寄件人最勇敢的事，

是划去了寄件地址。

希望你打开时满心喜欢，

说，这辈子，不退，不换。

这几天一直在搬家，收拾。

昨天为了庆祝我们搬新家，以及庆祝我第一天上班，她订了一个蛋糕，蛋糕上面写着"一夜暴富"的祝福。蜡烛点燃的时候，她要智能机器人唱一首《恭喜发财》烘托气氛，而我也默默闭上眼睛，在充满了过年气氛的 BGM 中许下了一夜暴富的愿望。如果真发财了，我要第一时间把这个房子买下来！因为实在不想再搬家了。如果还有多出的钱，那每个包裹我都要发快递！如果还有多……想着想着，那个智障机器人就随机播放了下一首歌曲，林俊杰的《可惜没如果》。

我发现我这个人真的没有赌运，从小到大，逢赌必输，而且属于打麻将砸鸟都会全部砸中我的水平。去年圣诞节，公司年会互相抽送礼物，我买了一支几千块钱的钢笔，结果我自己抽到一个快要离职的员工从商场圣诞树上扯下的一个巴掌大的小熊玩偶。当时我整个人都不好了，"这辈子我只有靠自己的努力，不能靠运气"的感叹成了当晚最让人印象深刻的发言，以及笑柄。

可我从来不埋怨自己运气差，甚至有点庆幸。因为我有一个理论，就是运气守恒定律。

年会的第二天，我去上班，一进办公室，就发现桌子上摆满了小熊主题的礼物，有暖手壶、台灯、闹钟、手表，甚至还有印有小熊图案的内裤。再看礼物上面，贴着不同的人的名字，一问才知道，原来昨天圣诞节互送礼物环节，我自己掏钱买的礼物是全场最贵的，结果抽到的却是最烂的小熊。他们心疼我，便在第二天自发众筹，每人都送了我一件小熊主题的礼物，摆在桌上，组成了一个小熊主题的礼物会。后来那个丑丑的小熊成了我包上的一个吊坠，每当我看到它，都会提醒我，上帝给了你一面墙添堵，就一定会给你开扇窗。如果他关了那扇窗，也一定会有光。

我相信我们所有的不幸、疾病、痛苦都是在积蓄力量，都是为了遇见更大的幸运和美好。

林俊杰的《可惜没如果》还在播放，她在一边笑翻了，说："看来你别想一夜暴富了。"

我说："笨蛋，遇见你，就是我的一夜暴富。"

北方的晚上真的很冷，每天做的最浪漫的小事，就是看完电影回来，停车场和家还有段距离，我们躲在车里半天不想出来，等暖气慢慢变凉，才拉好拉链，像子弹上膛一样，相视一笑，深吸一口气，打开车门冲进零下十摄氏度的北风里——

像穿过炮火连天的枪林弹雨；

像穿过寒流交错的深海极地；

像穿过张牙舞爪的妖怪森林；

像穿过风刀霜剑的冰封之境。

一路牵手奔跑，一路大呼小叫。

穿过这危险世界，让我带你回家。

她每天醒来的第一件事，是找我。

我起得比她早，有时候怕打扰到她睡觉，会特意跑到客厅的厕所洗漱，关上门以后没有声响。但人的潜意识真的挺厉害，平时睡觉怎么都叫不醒的她，一般在我起来后没多久，就会不自觉地醒来一次，躺在床上叫我，我没听到的话她就会给我打电话。

我有时候都分不清她是说梦话还是怎么，反正迷迷糊糊地问我在哪儿。我有时候心疼，会回床上躺一会儿，她心满意足地抱住我，一条腿跨在我身上，没过一会儿，就继续呼呼地开始做梦。

但只要她醒了，我一定是她第一个呼唤的人，第一个要打电话的人。就像在熙熙攘攘的人群中走散了，环顾四周，是一个混沌不清的梦，好不容易走出了这团迷雾，看清了方向，就第一时间去找寻对方。

有时候我们一起过马路，说好的手拉手，结果她看到车来了，吓得一甩手，噔噔几步就跑到了马路对面，剩我一人无语地在马路这头，和她隔路相望。她叉着腰大笑，我翻着白眼摸索过去，走向她的那一瞬间，眼神对视的一刹那，有那么几秒我觉得时间突然慢了下来。她望着我，脸上的笑容荡漾开来，美好得像一个慢镜头。

　　两个人总有不同步的时候，一个人起来得早，一个人起来得晚；一个人走得快，一个人走得慢；一个人进步大，一个人进步小，希望这些不同步不会成为我们争吵的根源，而等待和找寻会带给我们足够的温暖。

　　像是在走一条很长的路，我大步向前，却愿意停下来等你，而你穿过繁华若梦，却在第一时间想来找我。这大概是我能想到的，爱情最好的节奏吧。

　　以前看日剧的时候，丈夫和孩子早上出门，女主人会站在玄关。面对一大一小两个男人，她把便当塞进孩子的书包里，说："放学了记得早点回家，别到处乱跑。"说完转过身，整理了一下丈夫的领带，说："下班了你别着急回来，路上小心。"

　　两句不同的叮嘱，年少时只懂前一句，那时只知道在外边放浪形骸，只知道放学后能玩到多晚算多晚。后来长大了，经历了很多事，离过家很多次，等过人，被等过，才真正体会到那份"着急"的心意。

　　他想回家，她知道。

他想早点见到她，她知道。

他不想错过在一起的每分每秒，她知道。

他很爱她，她知道。

因为知道，所以叮嘱的不是"副驾驶不要坐别的女人"，不是"公司聚餐的话记得给我发地址"，不是"不回家的话千万记得给我打电话"……

只是一句"你别着急回来"。

这是该有多相爱，才能有这样的对白。

还好，我也知道。

开完今天的第九个会，等待五分钟后的下一个。

我合上电脑，打开微信，问——

"宝贝起床了吗？"

"吃饭了吗？"

"花收到了吗？"

"猫都还听话吗？"

那些来得及和没来得及的问候，全都发给你。

有些问题已经过期，也许等你看到的时候我又在忙没时间回你，不过不要紧，你也不用回我。

因为我只想告诉你，再忙，我也会在时间的缝隙里想你。

难得晚上十点到家。她出去和朋友玩，还没有回来。

客厅地上躺着一个打开的箱子还没有收拾，是她前天气我没怎么陪她，准备离家出走的行李。我忽然很好奇，想看看她大怒之下会带什么走，看完发现事情并不简单。行李箱里面化妆品一应俱全，甚至还有一个电夹板。千万不要小看这个电夹板——

如果箱子里只塞了衣服，证明她应该不会迈出家门半步；

如果带了充电数据线，证明她有所打算；

如果带了化妆品，证明她去意已决；

如果连电夹板都带了，证明已做好了长期备战的准备。

分析完我惊出一身冷汗，男生啊，永远不知道当时有多危险。好了不说了，洗碗去了，好好表现，好好表现。

07

_____

她不在家的日子

　　她去了杭州几天，早上醒来只有我一个人，翻身的时候感觉脖子下压着什么东西，迷迷糊糊摸出来一看，是两个耳塞。

　　我睡觉属于非常沉的类型，因为工作太累，感觉每天都是在床上突然昏过去，然后没过多久就开始打鼾。她睡眠不好，睡前会吃一些褪黑素，偶尔有心事的时候会整晚失眠。

　　有时候我中途醒来，看她还没睡着，会满心愧疚地问："我是不是又打呼噜了？"

　　她说："是啊。"

　　我说："那要不，我去沙发睡吧。"

　　刚准备爬起来，她就过来抱紧我，说："别走。"

我想起她临走的前一天，像导游一样领着我，给我介绍家里的一切——平时喝的饮用水在厨房的柜子里，换水的时候先倒过来拧紧。给衣服粘毛的刷子在阳台，粘完记得把废纸丢到垃圾桶里。对了，垃圾袋在洗碗池旁边的抽屉，我不在的时候，你每天出门记着把垃圾都带走。我在一边只顾着点头，原来这些我全都不知道。

我不知道我在一边没心没肺打鼾的时候，睡不着的她是多么孤独，我也不知道是有多大的勇气，才能让失眠的她戴上耳塞抱住一个噪声发声器，像一个怕热的人去拥抱一团火，一个畏寒的人去拥抱一块冰。

我不知道原来在我习以为常的生活里，其实处处都有她精心的安排，时间久了就变成了一种习惯。

谢谢你，在我睡着的时候喜欢我，在我听不见的时候喜欢我，在我看不到的地方喜欢我，在无数个我未曾察觉的瞬间喜欢我。

如果我忽视了这些，请你一定要提醒我——

因为你对我的每一份喜欢，我都不想辜负。

Day 1 她出差不在家的第一天

下班后我把车开到停车场，以往肯定熄火关门撒欢快闪，今天却在车里发了好久的呆不想上楼。我是谁？我在哪儿？我要去向何方？

开门，一坨竟然过来迎我！以前对我那么高冷，今天竟然蹲在门口迎我！谢邀，还是不了不了，平日里为了博你主人的好感，我费尽心思和你搞好关系，强行捆绑CP。我自己跑到你身边一屁股坐下，把你搂过来说"呀，一坨你又来找我了"时，你啥反应？屁都不放扭头就走，难不成我背地里偷了你的猫粮？现在主人不在了就来黏我，当年你那丑陋的嘴脸去哪儿了？原来你也怕寂寞啊！

打开手机，吃啥啊，这是另一个难题。想起两个人在一起点餐的时候，偶尔还会争论一下吃南方菜还是北方菜，那一刻我以为至少自己是很清楚要吃什么的。现在一个人可以轻松做决定的时候，反而完全不知道吃啥了。唉！原来有个人斗斗嘴也好啊。

家里真的好安静啊，用"听得见秒针的声音"来形容一点都不夸张。刚刚突然来了个快递敲门，把我和一坨都吓了一跳。我说一坨你去拿刀，结果回头一看，它躲得比老鼠还快。我打开电视随便放了个节目，声音开到最大也觉得空荡。

最明显的感觉，就是床突然变得好大。哎，那个谁，你也别在下面喵喵喵喵转悠个不停，上演"从你的全世界路过"的戏码了。现在我同意你在我的全世界上车，同是天涯沦落人，咱俩之前的恩怨一笔勾销，脚边给你腾了点位置，上来吧。

等会儿和你妈语音，我开免提，也给你听听。

Day 2　她出差不在家的第二天

加班到现在才回家，相比于平时，可能唯一的好处就是今天打开家门，没有那么强烈的负罪感和愧疚。

总觉得时间不够，没有好好陪你。

屋里很快就热闹起来，喵声不断，只不过都是我发出来的。一坨，你真的很难取悦啊，我已经调整了 64 个声部，你却至今不回我一声。

整个家像个孤岛，一个男人和一只猫在奇幻漂流，想到出

发前你对我说的话——如果只能带一样上岛，选刀、铲子还是
打火机?

我想说，选你。

Day 3　她出差不在家的第三天

今日北京雾霾，幸而你不在此地。

可等霾散再归，不急。

也急。

Day 4　她出差不在家的第四天

恋爱才不会让人成为诗人，

只会让人成为傻子。

真正让人成为诗人的，是想念。

分别几日，思绪有如弱水三千，

被我记下的，不过一瓢。

08

最简单的小情事和小情话

北京下雪后，街上的车不再那么飞扬跋扈，都不急不慢地开着，轮胎滚动在雪地上发出的摩擦声传到耳朵里，会有一种酥麻的快感。几辆车无论是并排还是尾行，都可以成群结队开很久，也没有人按喇叭。雪，仿佛给这个城市盖了一层隔音棉。想抱着你在城市中漫游，偎依在车厢里，一边看雪落人家，一边缓缓说一些情话。

她饿了，想点东西吃，拿起手机犹豫不决不知道吃啥。

我说："你点春饼吧，你不是最爱吃春饼吗？"

她说："你咋知道的？"

我说："你还记得第一次我们在朋友家见面的时候吗？桌上有一盘春饼，你硬是低着头什么都不管地吃了一晚上。"

她扑哧一笑，说："你傻啊，那是因为不好意思看你。"

今天出门吃饭，她一进门就发现前男友坐在旁边那桌。

她问我："要不要换桌？"

我说："怕啥，手下败将，何以言勇？不过坦白讲，你前男友真的蛮帅的。"

她凑过来："咋啦，嫉妒啦？"

我说："这么帅你们都分手了，可以想象，他的其他方面是有多糟糕，才可以让我们遇到。"

陪她玩《狼人杀》。

十个人的局，我刚闭眼就被首杀。

法官问我遗言，我说："别的不知道，但狼肯定不是她，她是狼的话不会第一轮杀我，这样等的时间太长，游戏体验很不好。"说完转过头望着她，问，"我说对了吗？"

她眼神没有丝毫躲闪："你直觉真准，我就是个平民。我要是狼的话不会杀你，一定会留你到最后，好让你感受一下什么叫欺骗，什么叫绝望。"

看来我只猜对了前头。

唉，女人啊。

之前租房子的时候其实看了很多，最后挑中现在住的这个，很大的原因是这套房的主卧有一个 270 度的落地窗，她说这样就能看到清晨的第一缕阳光。

可结果呢，她一般中午才醒来，她见着的都是中午的太阳。

然而，我却发现，最美的也不是清晨的第一缕阳光，而是我每天醒来，看见阳光下，她睡在我身边的模样。

每天早上，叫醒我的不是闹钟，不是梦想，而是她快递到达的砸门声。我睡眼惺忪，一副邋遢的模样开门，与快递小哥展开如下对话：

"是马柏芝吗？"

"嗯？是……"

每天早上，当我收拾好准备出门之前，

唯一一件能让我把好不容易穿好的鞋再脱掉的事，

就是忽然想起，今天还没有吻你。

我的意中人是一个盖世英雄，会用干将莫邪来救我。

若想改变我，何须费那么大气力，

一个你，就够了。

世界终归无聊，唯有你好。

万水千山踏厌，唯有见你新鲜。

"是朝阳刘亦菲吗？"

"是……"

"是晗晗宝贝吗？"

"是……"

"是仙女本人吗？"

"别问了，我都是。"

收完快递，我要做的第二件事——煮好一碗螺蛳粉，走回房间，把螺蛳粉放在一个她闻得着但够不着的地方。

这就是叫一个仙女起床的正确方式。

黄昏的时候我在床上看书，不经意间就睡着了。我做了一个噩梦，梦里我们两个吵架，越吵越凶，要提分手，可刚一开口，我们又哭了起来，抱着说为这种小事分手多不值得啊。

哭着哭着我就醒了，醒来看见外边天色已晚，月亮高挂，她在我怀里也睡着了，手机歪在一边。我不由得把胳膊伸了过去，抱住此刻的她，心里许愿，但愿今后所有的吵架都只是梦，所有别离和失去都只在梦里。可能是我太用力，她均匀的呼吸被打断了，嘴角撇了两下，迷迷糊糊地发出几个音，像是在说梦话。

我把耳朵凑过去，轻声问："宝贝你在讲什么？"

她的回答悠远而又清晰，像是来自梦里——

"我喜欢你。"

你说我懒吧？告诉你一个秘密——

每天早上，当我收拾好一切准备出门之前，唯一一件能让我把好不容易穿好的鞋再脱掉的事，就是忽然想起，今天还没有吻你。

明人不说暗话，我想带你回我的老家。

想和你一起坐同一列离开这个城市的火车，我们手牵着手，推着行李，穿过匆匆的人流。

想和你坐在同一个车厢，或许我们没能买到同一排座位，我把你介绍给我旁边的陌生人，说："这是我女朋友，能麻烦您换一下座位吗？"对方应该是个很好说话的年轻人，一边答应一边投来羡慕的眼光。

想带你去我的城市，去我的学校，去我走过的街道，去吃我吃过的路边摊，想给你重新介绍一下我自己，我是从这里出发，经历了好多事，然后遇到你。

想和你一起买年货，挑对联，一起和商贩讨价还价。你一开口，周围嘈杂的方言衬托着你标准的普通话，显得格外出挑，同样出挑的，是你好看的样子。

想拉着你的手，走在这条我以前从来不敢和别人牵手走路的街上，这一次，像成人礼一般，脸上写满了趾高气扬。

想带你参加我的家庭聚会，当大姨妈小姨夫问我有没有对象的时候，我不再躲闪，你在一边默不作声就可以闪瞎他们的双眼。想让隔壁李大妈人见人夸的小媳妇，在楼下遇见你时，硬是愣了半天，说不出一句话。

想和你一起吃年夜饭，想和你一起看春晚，想让那些重复了无数遍的古老活动突然有了新的意义。想和你一起倒计时，听花炮声由远及近，轰隆作响，看烟花在天空中开始涂鸦，越来越浓。

想在这绚烂光亮的夜空下，看见你脸上映照着彩色的光影，零点一过，我转过头，就能第一个对你说"新年快乐"。

以前单身的时候害怕开学、上班，现在谈恋爱了害怕的是放假。以前一年的盼头是回家过年，现在最大的心愿，已经悄悄变成，带你回家过年。

我外甥果果今年五岁，这几天要过生日了。

我在网上给他挑了一件特别帅的阿迪童装外套，然后颇为得意地发给她看："瞧瞧，我这品位不错吧？"

她看了一眼，说："你希望果果收到礼物开心吗？"

我说："当然。"

她说："这么小的孩子，你送他衣服，只有他爸妈会开心，小孩子喜欢的是玩具，收到玩具他们才会开心。"

我一愣，突然明白为什么相对于舅舅，果果更喜欢这个阿姨了。

上次我们全家人一起去看电影，果果看到十分钟就看不下去了。但我们谁都不想错过剧情，我姐在旁边哄他说："果果，这个特别好看，你再看一会儿就觉得有意思了。"果果觉得特别委屈，她在旁边见了，摘掉 3D 眼镜，把他抱过去说："果果，阿姨带你去看动画片好不好？"

我姐说："你女朋友真的很体谅人，知道我们平时带孩子累，好不容易出来看场电影。"

我说："她确实体谅人，可其实她体谅的不是我们，是果果。"

对一个人好，就要站在他的角度，给他所喜欢的，这是体谅。站在自己的角度，给他我们所喜欢的，这是自嗨。

己所不欲，勿施于人，其实不难做到。己之欲，强施于人，却是我们经常在恋爱中会犯的错误。

你为什么不喜欢吃我最喜欢的食物？你为什么不喜欢玩我最喜欢的游戏？你为什么不喜欢看我最喜欢的明星？你为什么不喜欢听我最喜欢的歌？

这一系列的问号背后，是期待，也是满怀失落。可人生来不同啊，你喜欢的东西，想让对方都喜欢，那只是你在爱自己。

所以冰箱里，有你喜欢的冰激凌，也有我喜欢的老干妈；电视里，有你喜欢的综艺和动漫，也有我喜欢的电影；车载音乐里，有你喜欢的电子和嘻哈，也有我喜欢的爵士和民谣。

只有尊重和认可了这种不同，才让每一个相同显得弥足珍贵，也让每一次对方陪我们做我们喜欢的事情时，更加感动不已。体会了这点，你就能明白，为什么吃火锅时，作为南方人的我会对她说——

"老婆，让我试试你碗里的麻酱吧。"

连这，都成了情话。

09

是爱，也是唉

那天我们并排走在路上，她突然停下来问我："为什么最近我感觉你变矮了？"

我一边啃着手上的玉米棒子，一边轻描淡写地说："哦，可能是因为头发越来越塌了。"

我记得第一次见面的时候，我迟到了半个小时，谎称接了个很长的电话，其实是出门买发蜡。那个时候在她面前还是个精致 boy 啊，每次见她之前，会提前一个小时起床收拾，头发抓来抓去弄了半天，还是觉得有哪里不合适，于是重洗一遍再来。

而现在呢？

我啃着玉米棒子，嘴上还沾着渣，头发在随风肆意地飘，一脸不知廉耻。

她问："你以前不是说你头发上的发蜡用量显示了你对一个人的尊重程度吗？"

我哈哈大笑："那说的是第一次见面。现在啊，你看我穿着睡衣，一副邋遢样，这才是接待的最高规格。"

想想也是，我们从认识到熟悉，就是一个慢慢卸妆的过程。大多数情侣在快要一起生活的时候，都会有同样的惶恐——

女生想的是：怎么办？他要看到我卸妆后的样子了。

男生想的是：怎么办？我那些憋住的屁要往何处安放。

"淡妆浓抹总相宜"，这是情话。

"你素颜比化妆还好看"，这是假话。

"化妆就是人的伪装"，这是蠢话。

化妆可不是伪装，那只是你认真时的样子。

可是，我也喜欢你不认真时的样子，喜欢你睡眼惺忪地找眼镜，喜欢你一边刷牙一边发呆，喜欢你全身松垮地躺在沙发上，指挥我拿这拿那，喜欢你偶尔脱口而出的脏话，因为这也是这个世界上只有我才能看到的你的可爱模样啊。

我们认识一年了。

常常记录一些恋爱中的小事，被大家说是发糖，大约是因为恋爱中的人儿口齿生香，吃啥都甜吧。

我把这些记录下来，是因为每个人其实都在和自己的人生苦战。我记录的多是甜的部分，可现实也有很多苦的地方。我经常通宵加班，有时候到家也没顾得上和她讲几句话，我又何尝不知道，感情最需要的就是陪伴，很多时候我也不想上班，想她每时每刻都在我视线可及的地方，但往往事与愿违。

当那些负面情绪如同千军万马奔袭而来的时候，这些记忆中的小美好，就是陪我们作战的小兵。回头看一下，看看这些在背后瑟瑟发抖的小兵，它们虽然渺小、细碎，看似不值一提，但眼神足够坚定。在那一瞬间，你会被鼓舞和感染，有了作战的勇气和力量。

我会告诉自己，既不想负梦想，又不想负佳人，那就只能让自己的内心更加强大，有负能量的时候尽量自己消化，因为想要得到更多，就需要承受更多，这是千古不变的道理。

我知道这会是一个很难的过程，但谁不难呢？迎难而上呗。只能要求自己保持活力，不断强大，永远像战斗一样地去爱你。

我也知道，每段感情都会有不同的阶段，就像我们的人生也会经历不同的阶段，拥有不同的心境。生老病死，本来就是万物不可逃避的法则。这世上，没有什么东西永远不会消失。

所以别提什么永恒，我只想努力，给你我的一生。

会吵架吗？

当然。

昨晚睡得晚，今天早上她有钢琴课，十点的时候我被她的闹钟吵醒，见她还没有醒，就把她叫醒了，她背对着我，一脸生气的表情。

起来后，我发现她看我的眼神里有股怒火，我问她怎么了，她说梦见我和别的女生玩暧昧，要我道歉。我一脸蒙。

她说要和我说说话，我说要上厕所，上完再说。在厕所的时候用微信处理了一些工作上的事，她就说为什么不给她发微信说，非要再等十分钟，一脸生气的表情。

她问我中午吃什么，我说你想吃什么就点什么，她说她随便，我说那点金拱门吧，送得快。她一丢手机，说那你自己吃吧，我不吃了。

以前会觉得女生无理取闹，后来年纪大了一些，才渐渐明白，两个人发生摩擦时，男生喜欢强调逻辑和道理，而其实女生大多是因为一些感性的理由，比如她今天早上的一系列情绪波动，大概只有一个原因，就是下午我要离开北京回长沙。

男生一般直抒胸臆，喜欢和不喜欢全写在脸上，而女生对于情绪的表达却有上千种演绎，况且她们又有生理期时情绪起伏这个理由："我来例假了，难免会激动""我快来例假了，难免会激动""我例假刚过，难免会激动"……掐指一算，一个月占了一半。男生一旦接受了这样的设定，就可以避免大量的摩擦升级成吵架。

可男生终究没办法完全像女生那样思考，也没办法总是能从万千表象中一眼找到真相，于是还是会有吵架的时候，那么如何解决呢？

以前有部老港剧叫《谈判专家》，每次我们吵架的时候，我都会想到那部剧。

情侣之间吵架，激烈的时候双方都会黑化，黑化时说出的每一句刺耳的话，都像一把尖刀，而发怒的人就像劫匪，手持尖刀，挟持人质，说一句，就等于捅一刀。

而受气的那个人，绝望得就像被逼到悬崖边上一样，再往前走一步，是万丈深渊，是分手；后退一步，是阳光露台，是拥抱。跳还是不跳，是个问题。

无论我处于哪一方，都会分裂出一个谈判专家，和另一个生气的我谈判。而天下谈判的方法都是雷同的，无非是想想那些美好的事，想想那些曾经美好的回忆，但一定要把这个过程仪式化，想出十件为止。如果记性不好，那就记下来，存在手机里，发在微博上，这样回头看见那些热烈的、温暖的曾经，就会慢慢冷静了。

当然，谈判专家也有被犯罪分子一刀捅死的时候。谈判专家登场，说："同志，你先冷静，听我说十件事，第一……"结果第一还没说出口，就被一枪爆头。

那接下来怎么办？

再派一个呗，身为男生，还是得多包容。一旦接受了这样的设定，就得习惯给自己洗脑，不然你看我写这么一篇长文干什么？

是喜欢，也是无奈。

是爱，也是——

唉。

我觉得大多数感情问题都能归结为四个字——失去平衡。

谈恋爱像两个人拔河，只有双方都用力拉，才能维持相对稳定的状态，如果有一方用力过猛，或者一方倦怠松手，就必然会有人要摔倒了。

所以互相吸引只是故事的开始，它让我们产生联系，可想要长久，需要的还是势均力敌地一起用力。

可人终究是感性的动物啊，这其中的分寸很难把握，于是和你的"合拍"才成了浑然天成的妙事。

当你是干柴时，我是烈火。

当你想云淡风轻时，我也能闲云野鹤。

直到有一天，我们都老得拉不动了，这根绳子就变成了羁绊。我低头看看手上的老茧，旁边的你也成了白头发的老伴，我这才敢扔下绳子去找你，脸上满是为老不尊的坏笑。

说——

休战，休战。

10

一坨，两万，三条

我发现一件奇怪的事。刚在一起的时候，男生会考虑自己的妈妈喜不喜欢自己女朋友，女生想的却是，自己的宠物能不能和男朋友和平相处。

我对猫有一种谜之恐惧，读书的时候看见"蜀太监盛，亦猫为之"，虽觉得扯淡，这几个字却莫名地印入脑海，自此我对猫敬而远之。和她刚认识的时候知道她养猫，于是硬着头皮认识了一坨，这才逐渐对猫这个物种有了改观。

我和一坨没过多久就亲密起来，之所以能够零距离接触，是因为它掉毛。人家是所到之处，寸草不生；它是所到之处，全是毛裤。猫毛又轻，稍有风吹草动就到处飞舞，以至于床上、衣服上全是猫毛，就连内裤都不能幸免。我每次出门之前，保留项目就是把内裤上的毛一根一根地拔下来，内心五味杂陈。

猫的爱干净倒是让我印象深刻。第一次看见猫拉完屎以后自己用猫砂把屎埋起来，我整个人都震惊了，感觉看到了一个成熟的人工智能。我突然觉得平日里它对我的爱搭不理合情合理，这么有素质的生物，高姿态值得理解。并且，爱干净这个特点，直接让我对猫放下了芥蒂，邀请它上床睡觉，却万万没想到酿成大错。

那天我留猫在主卧过夜，然后顺其自然地把卧室门关了。猫在我脚上睡着，甚是可爱。凌晨五点，我感觉到脚部有异动，发觉是猫在动，正想着猫怎么起这么早，这时突然听见几段b-box（口技）一般的放屁声。我心里一惊，感觉大事不妙，却没来得及做出反应，右脚一阵暖流流过，起身一看，整个世界都崩塌了。

我一直以为第一个在我身上拉屎的会是我的小孩，结果2018年的第一坨屎，比我预想的来得要早一些。

我从小就比较喜欢狗，因为感觉狗的智商高一点，更重要的是，狗还可以和人有情感交流。而猫呢，虽然同在一个屋檐下，却很难有一家人的感觉，反而更像是一个性格孤僻、难以取悦的合租客，且不交房租。

为了缓解我想养狗的心情，她说："我们养只布偶吧！"

我说："布偶不也是猫吗？"

她说："对啊，可是布偶的性格像狗。"

听完我整个人都不好了。这就像，她喜欢男人，我喜欢女人，她说，这样吧，给你一个像女人的男人。

而且贼贵。

一只布偶快一万块钱。掏钱的时候我还真有些心疼，可是宠物店老板说等布偶成年了，可以去配种，一次就是好几千块钱啊。听完我顿时又对这个物种肃然起敬起来，人家是白嫖，它是出去浪别人还要给钱，这必须得好吃好喝地供着，以后发财致富全靠它了。

叫个什么名字呢？就叫两万吧！一般人听了，以为一坨和两万都是麻将里来的灵感，但其实还另有深意。

以前 NBA 有个特别厉害的篮球明星叫张伯伦，身高 2.16

米，曾经统治了 NBA，得分最多的一场拿了 100 分。这是什么概念呢？大家都认识的科比一场比赛最高拿过 81 分，而一般的球星一场比赛拿个 30 分已经是全明星级别了。而这个张伯伦还有一点让人津津乐道，就是他的花边新闻，记得他在一篇新闻报道里说，你可以怀疑我的篮球能力，但不能怀疑我的性能力。就连他后来在自己的自传里也写到，他这辈子，和两万名女性发生过性关系。于是，张伯伦有了张两万的别称。

由此可见，我给布偶猫取名张两万，是寄托了怎么样的期望。

可这家伙似乎没有按我为它写好的剧本走，越长越丑，丑到让我担心岳家都看不上它，交不到女朋友。于是我都还没结婚，却成了一个怨父，看着它日渐尖削的下巴，不由得唠叨起来——这可怎么办呀！这么大年纪了，连个女朋友都没有！两万完全不解风情，和我大眼瞪小眼，瞪久了就打个哈欠，咕噜咕噜躺下睡觉了。

人永远不要和猫生气，否则气死的绝对是人。

于是这就是我现在的惨状，每天出门前把内裤里的猫毛像拔草一样拔出来，把猫砂盆里的猫屎去粗取精地舀出来。神奇的是，和这两个小家伙熟络以后，情况也有了微妙的转变。比如我每天回家，两个小家伙就蹲在门口迎接我，我去上厕所、躺在沙发上，它们两个都会慢慢踱步过来，蹭蹭我的腿。

这种示好往往让人难以抵挡和招架，就像一个你追了很久的冰山女神突然回应了你。人真的挺贱的，平日里的嘘寒问暖都不及这样猝不及防的一下，我顿时就觉得这两小只啊，真是又萌又可爱。

所以说，猫才是真正的情场高手啊。

那一瞬间，我感觉有些飘飘然，抚摸着两小只扬扬自得地说："一坨，两万，你们的主人是谁啊？"它们俩咕噜咕噜的声音像是在给我肯定的回答。

我正得意，背后响起她幽幽的声音："那你的主人是谁呢？"

不说了，洗碗去了。

一个突如其来的噩耗。

两万被确诊为湿性腹膜炎，死亡率接近百分之百。

怕一坨也被传染，我们只好把一坨送到朋友家寄养。回家开门的时候，只有一只猫慢吞吞地走过来迎门，它的眼睛无力地睁着，身体佝偻，拖着一个大肚子，鼓胀的肚子里全是腹水，走路的时候伴随着轻微的晃荡。尽管走得很艰难，可它还是来到我跟前，翘起尾巴想跟我打招呼。但它嘴巴张开以后，气息很微弱，微弱到我几乎听不见它试图发出的那声"喵"。

平时挺闹腾的一个小家伙，变得有些无精打采，以前它最大的兴趣就是趁我们睡着，跳到床上踩人头，挪着不算灵活的身子，在我们枕头的空隙中间反复调整姿势，一会儿把我的头发当窝，一会儿把她的胳膊当枕，想要雨露均沾。但因为总把菊花的那面对着我的脸，经常被我无情地抱下床。而现在，不用我搬它走了，因为它已经没有力气跳上床了。

"冠状病毒""FIP"，生活中突如其来的两个闯入者，无法摆脱的强关联，像恶毒到骨子里的亲戚，翻墙越狱找到你，拉着不能松开的手，要带你走。医生劝我们放弃治疗，白纸黑字的死亡率摆在那儿。

朋友说："安乐死了吧，花几万块钱打 GC376，去博不到百分之五的治疗率，还不如再买一只猫。"

我问她怎么办。

她说："当然要打针。那可是一条生命啊，不能轻易放弃。"

我说："它不仅是条生命，还是我送给你的生日礼物，我希望它能陪你久一点。"

我理性客观，骨子里有种冷漠，不相信奇迹，怕它给我们的心理暗示终究只是一场幻梦，到头来会得到更大的失落。但唯独庆幸，在等待奇迹的幻梦里，我们成了彼此的依靠。

我每天醒来第一件事，就是去看看它相较于昨日是否安好。周末相反，我起来得晚，每到十一点的时候，它就在主卧门外拼命挠门，用同样的方式检验我是否还活着。

它是我见过最黏人的猫，我起来以后，刷牙、洗脸、吃早餐，它寸步不离。我站着，它就在我两腿之间穿梭，用身子蹭我。我坐着或蹲着，它就跳到我腿上来，横躺着露出肚皮让我摸，若嫌我摸得敷衍，它就会站起来用前肢抱住我的脖子，用头蹭我的脸。

晚上，她哭红着双眼，抱着我说："老公，我们两个以后一定要爱惜好自己的身体。"听完她说的话，我不由得紧紧抱住了她，像经历了无数次别离。

每个人终究只能陪你走一段路，但愿，我们彼此陪伴的路，是一条漫漫长路。愿我们都能长命百岁，好好活着，感受每一个被爱的夜晚与清晨。

两万停针几个月了，目前健康状况良好，我跟她说应该庆祝一下，她马上给了我一个热情却预谋已久的回应——

"好啊，那我们养只小柯基！"

于是，就有了三条的存在……

我从没想过自己年纪轻轻，竟然猫狗双全，而且还是一下子来三只。

之前说过，一坨是她认识我之前就养的猫，与她一路颠沛流离了好多年，初见我时一脸被岁月蹉跎的模样。我那点主动讨好的小心思被它一眼看穿，心里明白我不是冲它去的，所以难以取悦。平时除了我吃好吃的时候会过来以外，偶尔也会迎门，但表情一直很冷静。时间久了，理性让它接受了我是它主人的男朋友，必须要和我同处一室的事实。

两万是她生日时我送她的礼物，买不起两万的包，就送只叫两万的猫。没想到名字起大了，不好养活，才到家没多久就得了死亡率百分之九十九的猫传腹，去了几家宠物医院都说安乐死。我们轴，不放弃，花了几万块钱给它治病，现在虽然缓过来了，但医生说情况不乐观，要做好心理准备，复发率百分之七十，要让它吃好喝好心情好，我一听，前者没啥难度，让它心情好这个就不知道怎么伺候了。

三条是我最不想养的，倒不是别的，就觉得平时太忙照顾不好狗，猫还算带点人工智能的物种，狗的话，没有陪伴不行。后来机缘巧合，她朋友那儿产了一窝柯基，唯独有一只天生残疾，只有三条腿。从出生起她就一直关注，后来看她朋友发微博说，那只残疾柯基被人领养，一周后又被退了回去。我还是坚持原则坚决不养，她一边哭，一边抱着我说："你看，它都没有人要，我们养它好不好？我不想让它从小就没有人要。"这话我听过一次，不想再听第二次。于是眼圈一红，答应了。

去接狗的过程中，她一直在给我补课，话题很沉重，说接下来给三条心理复健的过程会很艰巨，它出生就只有三条腿，别的狗会怎么看它？放饭的时候，别的狗都把狗粮吃完了，它才刚刚走到狗盆前。它自己一个人都上不了狗笼，需要人抱它回窝。听完我的心情也很沉重，第一次感受到做父亲的压力。我调整好自己的心态到了她朋友家，她朋友把笼子打开，一群狗崽蜂拥而出，万万没想到，三条"一狗当先"，虽然只有三条腿，但它凭借着强有力的后腿跑出了幻影，其他几个同门兄弟都不是它的对手。之前我对它的预期还是躲在角落里畏畏缩缩的小可怜，没想到，这家伙简直就是狗中之霸，凭借惊人的速度和敏捷的行动，疯狂地追咬同伴，颇有一个打十个的架势。后腿一字趴开作支撑，前面两个小爪半跪，嘴半张着哈气，随时准备攻击，一副十大恶人的模样，又凶又萌。我抿嘴一笑，不错，是我的狗。

　　可事情并没有这么简单。两万对三条的到来很不适应，三条与同伴打斗惯了，到家以后，第一件事就是踢馆。倒是解放了一坨，以前两万老想找一坨玩，但一坨根本不屑玩小孩子玩的那种追逐游戏，每次两万一过来，一坨就开始低吼，生人勿近，所以两万一直苦于没有对手。这下好了，来了条狗。

　　整个屋子里的食物链初见雏形，三条追着两万跑，两万追着一坨跑。我在后面擦狗尿。

　　每个生物表示喜欢的方式都不一样，三条也是想和猫玩的，所以一般不会"下重口"。但是两万不这么觉得，家里来了一个不速之客，简直让它烦透了。那天我正在床上睡觉，一只猫摸了上来，两万以前老喜欢睡在我头上，所以我也没多想。可这次它刚走到枕头边就停下了，突然，我感觉头上一片湿热！我瞬间明白了什么，这只猫竟然在我头上尿了！竟然尿在我头上！我一个鲤鱼打挺，起身拿起拖鞋想要去揍它，它拼命地跑，我拼命地追。追到一半，仅存的理智让我忽然想到医生说的话，让它保持心情愉悦，不要刺激，不要刺激，否则会病情复发。我坐在那儿一下泄了气，默念了几句阿弥陀佛，才放下了手上的"屠刀"。

　　她在一边笑得上气不接下气，还不忘提醒我，人不能跟猫生气。不能打是吧？我发誓有朝一日，等它病好了，我也要在它头上撒一泡，让它也尝尝，什么叫醍醐灌顶。

　　自从两万在我头上尿了以后，家里的生态取得了微妙的平衡。我成了两万宣泄情绪的对象，而它竟然和三条成了朋友。平时三条和它的玩闹也变得有来有往，通常是三条追着它拼命地往卧室跑，然后从卧室出来的时候，三条在前面跑，两万在后面追。三条有一个 bug，柯基本来就短腿，而且它还只有三条腿，所以只能在平面移动，被我称为一维狗。两万能跑能跳，心情好的时候，和三条在地上一阵追逐。它不想动了，便跳上茶几，伸个爪子，轻轻松松就能拍到狗头，毫无压力，上不去的三条只能干着急，承受着二维对一维的降维打击。而一坨呢，永远在最高处，一动不动地躺着看着它俩，偶尔甩甩尾巴，吐吐槽，像是在说，得离它们远点，不知道白痴会不会传染。

而我们呢，在冬日的暖阳里，笑着看这三个小东西。看它们互相制衡，互相调戏，也算省了不少心力。

直到有一天，我突然发现桌上的饼干不见了，猫是绝对不会吃这种东西的，而狗又不可能够得着。我正纳闷时，突然看到了惊人的一幕——两万在茶几上蹀着步，一坨在沙发上把风，两万轻轻一拨，把桌上的饼干拨到地上，地上的三条一口咬住开始啃。这配合，团控盯梢，输出一个大招，打野一顿收割，简直天衣无缝！要不是亲眼看见我肯定不信！

　　看来，这三小只又升段位了。一坨、两万、三条都有了，看情况，我家八成也快要和了。

11

————

和你度过的每一刻都是永远

我比她大四岁，这是什么概念呢？大概是我念初中的时候，她在念小学，我高中毕业的时候她还在念初中，我大四准备实习找工作的时候，她还在苦逼地准备高考。一想到这个，我的脑海里就自动生成了一条鄙视链，十分看不起她喜欢的一些东西，觉得那是小孩子玩的。

比如她很喜欢迷幻电子，我就觉得太吵，并一本正经地给她分析原因："迷幻电子之所以被年轻人喜欢，是因为歌曲混沌的氛围十分契合年轻人那种迷惘的状态，而电子的元素又显得非常有活力，所以它是一种混沌与躁动的结合体。"

她听完嗤之以鼻："呵，我也给你分析分析，中老年人喜欢民谣和爵士，是因为节奏单一，旋律简单，不用费脑，听歌也不需要跟着节奏摇摆，张张嘴哼哼就行，符合了中老年人体力不支的状况。"

我觉得她讲得很有道理。

从那以后，我就调整自己居老临下的心态，认真地去了解她喜欢的东西，收获颇丰。我以前的穿衣习惯，是喜欢合身一点的衣服，好吧，坦白讲，是紧身一点的衣服，因为这样会显得人精神，没那么懒散。她喜欢的潮牌，都是相对宽松一点的款，后来我也开始学着穿宽松一点的款式，就发现了其中的好处，一个是人不会那么拘谨，状态会很轻松，二来真的是很舒服啊。

我也开始去看她喜欢看的动漫，竟然在里面发现了不少神作。尤其是一部叫《瑞克和莫蒂》的动画，可以说是我近几年看过的最好的动画。讲的是天才科学家瑞克，带着智商互补的孙子莫蒂穿越各个维度冒险的故事，每集一个独立小故事，剧情安排精妙无比，想象力天马行空，脑洞突破天际。

其中第二季有一集给我留下的印象最深。外星人为了抢占人类的资源，采取的方式就是寄生在不同的家庭里，给人类植入美好的记忆，一旦陷入回忆杀，你就会想起过去和他的一系列美好回忆，从而坚信这个外星人本来就是你的家庭成员之一。随着一次次陷入回忆，屋里的外星人越来越多，他们渐渐掌握局势，并要莫蒂枪决屋子里唯一还有些怀疑精神的瑞克。莫蒂慌慌张张地举起了枪，不知道怎么办，那一瞬间，他突然坚信了瑞克一定不是外星人，因为在回忆里，瑞克曾经多次把他丢在外星球，让他感受到害怕和恐惧，而外星人植入的记忆全是美好的回忆，自此两人找到了这个 bug，分辨和清除了屋里所有的外星人。

看完这集我感触很深，人这辈子其实也会遇到很多人。君子之交淡如水，保持距离地交往，伴随的是礼貌和克制，在记忆中也不会给对方留下不好的印象。然而，真正要陪我们走一辈子的人，我们不仅会记得他们带来的快乐，也会记得他们带来的痛苦，很多时候，那些痛苦比快乐更加刻骨铭心。

我记得刚开始谈恋爱的时候，因为磨合问题，两个人经常吵架，本来不大的事，很容易就上升到价值观的问题，一上升到价值观，就会觉得刚开始谈就这么吵，那以后岂不是会打起来？冷静下来以后，却渐渐明白，红着脸和红着眼都是爱情的本质，悲伤和痛苦也是爱会带来的一部分，正视这些，才能将这种摩擦给双方心理带来的伤害降到最低。问题会存在，但问题也会解决，吵过了，解决了，会有新的快乐，也会有新的痛苦。或许，这才是完整的人生。

再后来，虽然我们还是会吵架，可再也没有觉得不适合。

爱是会让人自卑的。

明明一个人的时候很骄傲，可一旦喜欢一个人，看她越看越顺眼，看自己越看越讨厌。

以前觉得自己不矮，但听说她之前的男朋友身高没有低于1.85米的，顿时觉得自己像个残疾人。

以前觉得自己不穷，但每次想给她买礼物的时候，顿时觉得自己是一个穷鬼。

以前觉得自己不丑，但每次见到她身边男生朋友的时候，顿时觉得自己很难看。

以前觉得自己不笨，但和她玩起游戏来，顿时觉得自己宛如智障。

并非自己各方面都比不上谁，而是对比的参照物被无限放大了，对比的不仅是她，而是一切和她有关的人，好像只要别人稍微放出一点光，都会刺到自己的眼。

总而言之，就是感觉自己还不够好。

我常跟她说："你遇到我的时候，是我感觉自己最糟糕的时候，几乎一无所有，要是我们晚几年遇到，可能那时候的我能给你更多，可以把你照顾得更好。"

她说："你都有我了，为什么还要说一无所有？"

我说："我的意思是其他方面。"

她笑了笑，说："你还记得我们租房的事吗？"

租房的时候，我们对于房子的类型有分歧。我考虑的是省事和舒适程度，想着直接找那种装修得很好的房子，拎包入住。而她呢，在保证那些不能大改的基础设施完善以外，房子越空越好。

我有些迷惑不解，指着图片说："这种风格不挺好的吗？"

她说："风格再好，那也是别人的好，不是我们的好，虽然是租的房子，但是我们两个在一起住，那就是我们自己的家。我不要别人的风格，我要我们自己的风格。"

想到后来的事，我渐渐明白了这个道理，"房子"和"家"

的区别，是多了一个"我们"。

　　原本空荡荡的房间，被她逐步装点成温馨的家。客厅原来没有壁纸，她花了一个晚上贴上了绿色的壁纸，配上新买的米色沙发，原本老旧的风格立马变成了小清新。为了增强屋子的活力，她又添置了几盆绿植，不光我喜欢，家里的猫似乎也找到了新欢，每天都在下面躺很久。之前房东的窗帘是暗红色，外面阳光强烈，照得屋子里通红，整个房间透出一种诡异的感觉。结果她搬来凳子，把它们全部撤下，换上了有星星点点镂空的蓝色窗帘，当光照进来的时候，整个房间都成了灿烂的星空。

　　我看着逐渐成形的家，终于明白，房子再好，不是我们喜欢的，那就不能叫好。房子太满，盛不下的，是我们一起装修的故事。而生活大概也是这样，我常感叹人生现状不如期许，如何糟糕，自己还不够强大，现在却想通了。何必紧张呢，能在人生不完美的时候遇到才是幸运，有留白，对于未来，才会有更多期待。

　　亲爱的，谢谢你，陪我一起慢慢变好。

人这一辈子很长，但能影响你喜怒哀乐的，无非三五个人而已。所以谈恋爱和交朋友都是件危险的事，你双手奉上的，不仅有武器，还有心情。

如果以时间为轴，画出两个人的心情弧线，好的恋人应该是重合的，你快乐的时候我也快乐，你痛苦时候我也感同身受。所以我们一定要学会控制负面情绪，每天对自己说，要再开心一点，每个人都开心一点，两个人的快乐加起来就会很多。

我们身上都会有对方的影子，喜怒哀乐不仅会写在自己的脸上，也会在对方的举止言辞中冒泡。所以你们只要见着她在开心地分享生活，就能感受到背后那些我隐藏折叠的快乐。相对地，只要我开心快乐，她同样也会感受到开心和愉悦。

能力越大，责任越大。谈恋爱最大的责任，就是每天要让自己开心哦。

12

————

我们的纪念日

谈恋爱其实是一件很私密的事，千万不要被别人带了节奏。"520"看到商家铺天盖地的营销宣传，心里不禁感慨万千。

每天都有 13 点 14 分，每个小时都有 13 分 14 秒，每天也都有 5 点 20 分，每个小时也都有 5 分 20 秒。如果次次都要消费情侣，这每天得高潮多少次？

我一向对节日没有太大的感觉，尤其像这种尬嗨的节日，营销号带着广告商，扯着一个大喇叭喊——各单位注意，各单位注意，赶紧表白啦，赶紧示爱啊，舞台已经准备好了，来来来，开始你的表演。

　　尤其是男生，每一次过节都像进京赶考，心大点的送花送钱，一波常规操作平稳过关，不能上岸的大不了挨顿骂，考验的无非是心理素质。有心求上进的呢，《五年高考三年模拟》来一发，从马克思到恩格斯、黑格尔到腾格尔地找创意，压力堪比 4A 公司的广告设计。

　　这种应试爱情观我实在不敢苟同。

　　一年一度中外情人节统考，圣诞节、春节、元旦会考期末考，还有对方生日的专项调研，间或平日的随机抽查和水平测试，排名成绩翻翻朋友圈，各家心里多少都有一本账，奖惩赏罚，公道自在人心。可刚缓下口气，又蹦出个"520"，这又是个啥？

　　有人说，"520"不一样，毕竟谐音"我爱你"，还是有很特别意义的。可如果只是谐音的话，明明"521"更好呀，是不是又得争论一番？好好好，不争，不争，都过，都过。

　　真正的节日讲究历史渊源和社会意义，而不仅仅是一个谐音这么简单。比如 2003 年，经国务院同意，教育部决定从 2003 年起将高考时间提前一个月，固定安排在每年 6 月的 7、8 日。十几年来，经历了 7 日、8 日精神高压的考试后，6 月

9日，走出教室的青年男女开始放飞自我，迎来空前的放纵和狂欢，史称"69"狂欢日。

怎么样，我这个节日提议听上去是不是也合情合理？这波水平测试考的不再是创意而是身体。当晚可以看看女生们的朋友圈分享，内容不重要，朋友圈活跃度越低，越是赢家。

我不否认，形式很重要，过节能带给我们一种仪式感，但开心更重要，两个人在一起开心，每一天都是节日。

重要的不是这个日期本身，而是那天我们在一起做了什么。我记得我们第一次见面的那个日子，我记得我第一次跟你表白的那个日子，我记得我们正式在一起的那个日子，我记得我们第一次牵手的那个日子，我记得我第一次吻你的那个日子，我记得你千里迢迢跑过来给我惊喜的那个日子，我记得我在北京赚到第一笔钱我们去大吃大喝的那个日子，我记得你第一次把我介绍给你家人的那个日子……

而这些日子，都比没有你的圣诞节、没有你的情人节要重要。也是因为有了这些珍贵的回忆，那些日期才有了意义。

每一个大家口中的节日，都有他们各自的故事和来历，可那是他们的事。而在我们的编年史里，有着对我们来说特别的日子。

　　所有关于我们的日子，才是我要纪念的节日。

　　我觉得我们一起去戴牙套这件事，倒还挺值得纪念的。

　　说来好笑，这是我第二次戴牙套。第一次戴是在我读研的时候，同样也是做了很久的思想工作，才决定戴上钢箍，了却尘缘。当时图便宜，决定在老家的人民医院做，这直接为后来的失败埋下了伏笔。

　　倒不是医生的医术不好，而是在老家看病，治疗方案往往受到很多因素干扰。医生说，我的情况属于牙槽小，牙齿过于密集，如果正畸的话需要拔四颗牙齿。好戏开始了，我外公听说我要拔牙，立马千里迢迢地赶来找我妈，展开"护齿行动"，苦口婆心地陈述拔牙后人到老年会遇到的种种状况，有理有据。

　　我妈信服，转头问医生："怎么办，能不能不拔牙？"

　　医生面露难色。这时，我妈拿出一个红包，医生见状微微一笑："不拔，倒是也有不拔的办法，启动 plan B。"

　　plan B 的结果就是，在经历了两年零五个月的矫正后，我的牙齿仅仅保持了短短三个月的整齐，三个月后，打回原形。我记得那是我笑得最灿烂的一个夏天，三个月后，我变得羞于开口。同样羞于开口的，还有当初神操作送红包的我妈。

再后来我参加工作，对牙齿的关注度降了下来，大概是意识到除了牙齿，还有更多让我羞于开口的事情需要去奋斗。我的牙齿也没有严重到地包天或者龅牙的程度，但它却成了我一个小小的心病，像脚底的一颗小石子，每当想要放肆奔跑的时候，总会冷不丁地硌硬我一下。但一想到要伤筋动骨地拔掉四颗牙，说话漏风一年多，还是有些后怕，况且想想身边也少有年近三十还去做牙齿矫正的朋友，便一次又一次打消了重新整牙的念头。

直到遇到她。和我比起来，她的牙齿应该算完美了，但她还是不满意，觉得前面两颗门牙有点凸。我记得刚认识她的时候，她就说自己正在存钱准备矫正牙齿，其实之前她已经去过医院几次了，给她看过的医生都不建议她做，觉得性价比不高。不过她觉得，这个事情，从牙齿的位移程度来看，性价比确实不高，但从心理的满足感来说，性价比很高。她跟我说："你知道吗？觉得自己牙齿不完美的人，没办法享受百分之百的喜悦。每次合照里，他们都是那些不会轻易大笑的人，每次大笑时，他们往往又是最先停下的那一拨。"

我怎么会不知道呢，我就是那群人中的一个啊。她说我们总觉得戴牙套的时间很长，但对比起我们的后半生，这些时间算不了什么。这些话我又何尝不懂呢，只是以前一个人不愿意、不敢做的事，现在两个人一起做，才突然有了勇气。就像那颗在我鞋底硌硬了多年的石子，我奔跑的脚步一直不敢停下来，可终于有一个人跑过来对你说："来，我们一起，我扶着你，你把鞋脱掉，把它倒出来吧。"

于是，我的嘴里顶着四个冒血的窟窿，她对着镜子龇牙咧嘴地学着同牙套和平共处，两万费劲地弯下腰嗅了嗅猫盆里的罐头。

这是一个年近三十决定拔四颗牙做二次矫正的我，花几万块为了把门牙往回收缩一毫米的她，还有身患绝症有气无力却仍在试图进食的猫。

无他，都在努力活着，用力变好。无论遇到什么，我们一起加油。

13

———

有你陪我看这个世界的荒诞

好看的面孔千篇一律，有趣的灵魂把你写进热门。

前几天回家路上，她翻了翻我的朋友圈，感叹我最近发的都是和工作有关的东西，很久没有发与她有关的内容。她灵机一动，提出了一个一劳永逸的方案。她说这样吧，你换个朋友圈背景图，只见她打开相册，几下操作，就有了那张"让我看看是谁又来看我男友朋友圈"的背景图挂在了我的朋友圈，成了镇圈之宝。不出所料，成了热门。

之所以不出所料，是因为有趣。而她的有趣，我深知。

和一个有趣的人谈恋爱是什么体验？

是你在公司加班，突然收到她发来的一张腕表的图片。

她问："老公，你看看这块表怎么样？"

我放下手中的工作，滑动指尖拉大图片看清了表盘，说："这是万国的葡萄牙系列。"

她说："我觉得你需要这样一块手表。"

那一刻我心中一股暖流经过，其实我觊觎这块腕表已久，但未曾在她面前提及，难道这都被她看穿了？

刚准备回一句我具体喜欢哪一款的时候，她突然话锋一转，说："我让你带块表看看现在几点了？！还不快回家？！"

她会把我和她的拍立得照片用冰箱贴贴满冰箱门，而那些冰箱贴上印刻着"桃花""发财"等字样。有一次和她吵架，我闷闷不乐地去拿饮料，一抬头看见自己的照片上赫然盖着"冷宫"的冰箱贴，顿时觉得又好气又好笑。

在讨论权力的分配问题时，她说会在外边给足我面子，对外我是新闻发言人，可实际上任何事她都有一票否决权。我说要是这样的话，我哪有什么实权，不就是只有一个言论自由权吗？她认真地想了想，说："准确地讲，你拥有的是知情权。"

我没有告诉过她一件事，我和她刚加微信的时候，第二天我就把她的朋友圈屏蔽了。当时不想去北京，觉得异地恋不靠谱，所以不想心生妄念，不如眼不见为净。

现在想来有些好笑，为啥刚加微信，就担心自己会去北京？就觉得会心生妄念？就会担心起异地恋？又为什么明明屏蔽了，却忍不住隔三岔五地专门点进她的朋友圈看她发了些什么。所谓眼不见为净，无非是我心里有鬼。

因为从和她第一次聊天开始，从第一次看她朋友圈开始，从她的"琴棋书画，吃喝嫖赌"开始，从她旅行箱上贴着"微服私访"四个大字开始，她有趣的背后洋溢着的那种特别的活力，把我一下子点燃了。

于是我脸上就有了那个不再退去的笑容，这个笑容只与她有关，不仅仅是喜欢，还有开心，开心从此多了一个人，陪我一起看这个世界的荒诞。

最近发现，两个人窝在沙发上一起看电视真的是一件很幸福的事。

我以前是很鄙视看综艺节目的，觉得里面嘻嘻哈哈没有太多营养，也不喜欢看电视剧，觉得大多是一些家长里短的东西，浪费时间。谈恋爱以后完全变了一个人，以前觉得无聊的东西，只要两个人一起做，也会觉得开心。

她看电视剧是典型的"男二党"，我说你看男主多帅啊，她一脸不屑，对于男主与女二纠缠不清的关系，她也是颇为嫌弃，她永远最迷剧里的男二号。

这样想想也是，在感情上，男二真的堪称完美啊，对女主忠心不二，永远像种子一样爱她，永远守护在她方圆几米的土地里，只要她浇水，他就会生根发芽。等等，这不就是典型的备胎吗？

我可不要做备胎，我要做你生命中的男主，却会永远像男二一样爱你。这也许，才是最好的爱情吧。

她对体育无感，属于平时看电视遇到 CCTV 5 会连按两下加速跳过的那种。

但见我平日喜欢运动，世界杯开幕以来，她每天都会买好小龙虾和啤酒，像庆祝一个盛大的节日一样，把家里装点起来。之前客厅的电视很小，赶在世界杯之前，她把客厅的电视换了一台。

　　我没有告诉她的是，其实以往的世界杯，我只看决赛。一来没有时间，二来我是中立球迷，一般球队之间的厮杀，激不起我的爱恨。

　　而这一次，我却一场不落地往下看。原因大概是身边有一个她。

　　准点提醒我球赛开始的是她，进球了比我还激动的是她，在一旁为裁判的判罚愤愤不平的也是她。从上帝视角来看，她更像一个激动的球迷，而我在一边只是嘴角上扬，她看球，我看她。

　　看自己喜欢的人，参与自己喜欢的事，真的很幸福。

　　我才不会拼命给她科普足球知识、详解足球规则，那些真的不重要，她喜欢的并不是这项运动，只是我们一起看球而已。就像女生挽着男朋友去逛街、试衣服的时候，要男生给建议，难道真的是信赖男生的审美？我猜未必，带来幸福感的，不过是对方那份参与感而已。

　　我也想参与到你的快乐中——

　　2018 年在俄罗斯，2022 年在卡塔尔，2026 年在美国、加拿大和墨西哥。

　　我悄悄查好了未来几届世界杯的举办地，给喜欢旅游的你制订了一个计划。

　　他们看世界杯，我带你去看世界。

　　"听过'钉子汤'的故事吗？"

　　"没有。"

　　"以前有个乞丐，跟一个有钱人说，我只要一根钉子，就能煮出世界上最美味的汤。富人不信，就让他试试看。十分钟过去了，水开始冒热气，富人问钉子汤怎么样了，乞丐说，味道是差不多了，但想要极品汤的话，加几根胡萝卜会更好。于是富人拿来了胡萝卜，十分钟过去了，汤已经有香味了，乞丐说，已经是极品了，但再加点蘑菇就更绝了，于是富人拿来了蘑菇。又十分钟过去了，乞丐说，不知当讲不当讲，如果有肉的话这会是我做过的最好的钉子汤。又过了十分钟，他说如果再加点香料就大功告成了……"

　　"行了行了，这大中午的没吃饭你讲这个是要饿死我吗？"

　　我叹了一口气，把眼影递给她——

　　"老婆，一个小时前，你说涂个口红咱们就出门。"

14

万水千山踏厌，唯有见你新鲜

我真的不是一个很好的游伴。

这几天带她来丽江玩，一路窘事不断。

订飞机票——

我估摸着几个小时的飞行挺累，特意选了个靠近安全通道的座椅，想着空间会大点。不料遭遇小飞机，靠近安全通道的两排座椅不仅空间不大，连靠背都不能后调，我俩一路正襟危坐，回想起上飞机前，我还信心满满地说起我选座的一波操作。飞机上我都不敢正眼看她，一路保持着尴尬而不失礼貌的微笑。

凌晨起床爬雪山——

虽说是自由行，但是由于旅行计划由我来做，所以整个行程都安排得非常神经质。不知道大家有没有这种感受，每次旅途，负责制定行程规划的人，一定是对整个活动最积极上心的。如果我不做规划，那我可能也是那种漂流瓶式的游法，一觉睡到自然醒，走到哪儿都可以安之若素。自从我肩负起组织和策划的任务后，我就将这种流浪气质带入工作中。将近凌晨，我和她从丽江古城的酒吧街出来，看见一家尚未打烊的旅行社，我突发奇想，都到了丽江，为何不去玉龙雪山？很快我就报了一个雪山一日游的团，交了一千人民币。出了旅行社没走几步接到带队司机的电话，告诉我明天早上五点出发，那一刻，我醉意全无。她问我怎么了，我又露出了尴尬而不失礼貌的微笑。

凌晨五点起床是什么体验？你会觉得时间被无限拉长，才到中午，就感觉已经携手走过了半生。

凌晨五点起床爬雪山是什么体验？感恩于世界的八大奇迹：万里长城、金字塔、宙斯神像、摩索拉斯陵墓、罗德港巨人雕像、阿耳忒弥斯神庙、巴比伦空中花园、上下山缆车索道。

谢缆车索道救命之恩。

因为没睡几个小时，她到达三千多米半山腰的时候就有些不舒服，这个不舒服有点玄学，到底是起来太早了不舒服，还是高原反应不舒服，谁也说不清。我问她要不要回去，她直摇头，一副"英勇就义"的表情。我们分别拿了氧气罐和羽绒服，做好了用生命和大自然作斗争的准备，这时听到领队说，上山、下山都可以坐缆车。我俩相视一笑，稳了。

我去拉萨的时候，完全没有高原反应，还在上面踢了一场足球，除了心脏快要跳出身体以外，没有什么不良反应。这次征服雪山更是信心满满，缆车只送到 4580 米，到 4680 米顶峰剩下的 100 米需要徒步抵达，想起之前在拉萨的操作，我想，是时候在她面前展现真正的技术了。

万万没想到，缆车到达终点站 4580 米的时候，我就有点高原反应了。胸闷、脑袋缺氧、犯困，但刚刚才炫耀过自己在拉萨的操作，感觉现在露怯有些不妥。她也是不太舒服，在旁边拿着氧气管深深地吸了一口氧气。

　　我见机赶忙甩锅，试探着问："你不舒服的话，要不，咱们就别登顶了吧？我们原路坐缆车回去。"

　　不料她瞟了我一眼："What？！你要我凌晨五点过来，坐缆车来回一趟就回去？！"

　　听了她的话，望着山顶飘扬的五星红旗，我羞愧地低下了头。想起当年那个在青藏高原驰骋的少年，我深深地叹了一口气。

　　我说："你先走，我在后面看着放心。"

　　她说："一起走不更好吗？"

　　我说："我这个人运动的时候最怕自己的节奏被打乱，我有我自己的节奏。"

　　她半信半疑，开始往上登，见她走出十几米后我才启动。那个曾经驰骋在青藏高原的少年在来之前的车上预想了一百种上山的模式——小步快跑、跳跃前进……可最后用的却是唯独没有想过的方式——手爬。

　　我们两个的性格太像了。我中二，她固执，总结起来就是都有点轴，又都是精神可以超越身体的人，为了面子，或者看起来很蠢很笨的一个决定，会付诸行动，坚持到底。于是雪山上多了一道风景线：一个拿着氧气罐走几步就吸几下的顽强仙女，一个抱着栏杆不时手脚并用但只要前面仙女一回头立刻起身站得笔直的脑残，活像两位身患绝症，在弥留之际前来完成最后愿望的病友。台阶上上下下经过的人，用眼神向我们投来身残志坚的肯定，心里却憋着一句话：二位，这是何必呢？

我们最终登顶了，四周冰山环绕，美得纯粹，绝对不是山脚或半山腰能看到的风景。而山顶上人声喧哗，喜悦地庆祝着登顶，大自然保持着一贯的高冷沉默，把人群衬托得更加渺小。阳光刺眼，冰川不动声色地反射着，刺得人睁不开眼睛，人们费了九牛二虎之力，抵达的不过只是雪山的皮毛而已，却还美其名曰征服了它，真是不自量力。此情此景，我脑袋里已经装不下别的东西了，全是宏大的主题。我转过头，望着同样被雪山征服的她，说："来，不如打盘《王者荣耀》吧，1V1，咱们也算决战雪山之巅了。"

刚打开游戏，我就发现自己已经缺氧到躺下就能睡着了，她也是蹲坐在地上很久才缓了过来。我们交换了意见，一致认为既然登顶了，就不要再在死亡的边缘反复试探了，于是两个人互相搀扶着，一边傻笑一边下山。

旅行的意义到底是什么？

读书的时候，听陈绮贞的《旅行的意义》，最后一句唱道：
"你离开我，就是旅行的意义。"她的声音有些羸弱，可这
句歌词却触目惊心，但这首歌，唱的更多是一个人旅行的意
义，不是我的答案。对于两个人来说，旅行的意义是什么？

我想旅行的意义应该不在旅行本身，而在于两个人一起去
经历新鲜的事，去发生新的故事。一次短的旅途是如此，如
果把人生比作一段旅途，也当如此。

其实给我们留下回忆的，并非目的地。比如这次雪山之
旅，关于雪山的回忆最终只会停留在那里，或许以后看到照
片，能够恍然记起那一刻的惊艳，时间回拨，令我们两个印
象最深刻的，其实是我们从雪山回到宾馆后，我们俩为自己
心里没数而付出的代价。

我们两个一回宾馆就像脱掉的衣服般松垮地瘫在床上，
头昏脑涨，体温急剧上升，发烧几近昏迷。她躺在床的左
边，我躺在床的右边，我们连起床去拿水的力气都没有。

我告诉她我在发热，然后说我进入了第二个阶段忽冷忽热，她告诉我她也开始发热，然后没过多久也开始忽冷忽热，我俩在床上一边交流病理特征，一边狂笑不止，笑我昨晚有毒的那波订票操作，笑我为了怕早上醒来关闹钟赶不上车而把定好闹钟的手机放在厕所。我笑她嘴硬非得要上那最后 100 米，笑我们花钱买罪受，在一千多一晚的房间里养病，手拉着手呻吟着交流病症，像两个毒瘾发作互相鼓励战胜毒魔的病友。

旅行的意义，是她对于我一波又一波有毒的操作从不苛责，反而看作有趣。是我们无论经历什么，都在苦中作乐，一边吐槽，一边大笑。

老祖宗讲过人生的三层境界：看山是山，看水是水；看山非山，看水非水；看山还是山，看水还是水。

"看山是山，看水是水"是第一层境界，讲的应该是年少时喜物，快乐多来自感官。

"看山非山，看水非水"是第二层境界，大概因为身边多了一个你，风景更添诗意。

最后一层境界是"看山还是山，看水还是水"，大概讲的是，山水终究只是山水，而你，却是最美的风景。

我想说，世界终归无聊，唯有你好。

万水千山踏厌，唯有见你新鲜。

15

想成为保护你的十万大军

我曾经干过一件很浑蛋的事。

她写了一篇文章，发表在公众号以后，被另外一位很有名的作家朋友看到了，那个作家朋友给我发微信，说他看了那篇文章后，觉得里面有一个比喻用得很好笑，准确地讲，当时从他字里行间透露的意思，不是"好笑"，是"可笑"和"荒谬"。我当时刚踢完球，浑身大汗，没来得及仔细看她的文章，光看了那个比喻，也觉得有些不妥，被人家一说，顿时觉得非常尴尬，便随手给那个作家朋友回复了"哈哈哈"表示赞同，说我也觉得的确有些过了。没想到他转头就把我和他的聊天截图发给了她，说："你看，你男朋友也这么认为。"

回到家，我看见她眼睛都哭红了。

我赶忙解释，说我并没有恶意，单从文章的角度提了一些自己的看法。她哭得更凶了，说这完全不是她伤心的重点，她不会因为别人批评她写的文字而哭成这样，她介意的是，当别人在说她的时候，我不但没有第一时间站出来维护她，反而和别人站在一条战线上批判她，这才是她伤心的原因。

"可男生天生就是更加理性，对事不对人的。"这句话刚想脱口而出，我赶忙又咽了下去，因为我意识到，自己的确犯了一个很大的错误。

因为她说过，无论什么时候，我们都应该是一个整体，当有外来声音的时候，我们最先要考虑的应该是彼此的感受和心情。

回想起我们坐飞机去外地旅游，上飞机前因为我一路都在处理工作，所以她和我吵了一架，正逢冷战期，谁也不理谁。她靠窗坐着，我夹在三个椅子中间，累到昏厥，飞机起飞了我们也没有说话。不幸的是，背后有个熊孩子一直在吵，一会儿要喝饮料，一会儿要玩游戏，我的睡意总是被打断。我正在椅子上翻来覆去地折腾，突然在迷迷糊糊中，听到一个人转头大喊："你们给我小声点，前面的叔叔好累！让他好好睡一会儿！"

就是那一刻，我嘴角上扬，决心放下骄傲，假装睡着地把头靠了过去。

再比如我们一起打游戏玩"吃鸡"，四人匹配，眼见着毒圈已经缩了，队友找了一辆吉普车，她和其他人已经上了车，我因为装备很差，还想再搜搜装备，一个人在房间里转悠。她在一旁催，说你快点，再不走就要中毒了。我听了只好离开房间，悻悻地往车的方向跑，还差一百米的时候毒气已经超过了我，往车的方向蔓延。这时开车的哥们儿坐不住了，抱怨说："干啥呢？一直磨蹭，再赶不上来我们就开走了！"她听完这句话瞬间爆炸，立马从车上跳了下来，说："有个破车嘚瑟啥呢？赶紧开走！一点耐心也没有，要走就走，我们自己找车，不用你们这破车载！"我听完一阵感动。

也许，就像她说的，即使我们吵得再凶，对不起，我的人，我骂可以，你不行。

都说我们越来越像了。

常常听到有"夫妻相"这一说，两个人在一起久了，会越来越像，如果真是这样，女朋友并不会高兴到哪里去吧。

我认真地研究了一下，其实所谓的夫妻相，并不是说两个人一个鼻梁塌，一个鼻梁挺立，处着处着，塌鼻子的那个鼻梁就慢慢长高了。也不是一只眼睛大，一只眼睛小，没过多久两只眼睛都大了。如果是这样，那爱情应该是最好的整形师。实际上，两个人在一起待久了，五官上并没有明显的变化，之所以会像，大致有两种情况——

一个是岁月静好，你陪我一起变老，我陪你一起发胖，一旦名花有主，多少会放松警惕，稍不留神，两人互相成就，瘦的人各有各的瘦法，胖的人却大同小异，这样一来，两个人自然就越来越像了。

我低头看了一眼日益膨胀的肚子，再看看她保持良好的身材。显然，我们不是这种情况。

真正让我们感觉彼此越来越像的，是语气、神态和习惯。

"我这句语气原来好像你，不就是我们爱过的证据。"两个相爱的人，待在一起久了，说话的方式会发生一些潜移默化的改变。我是南方人，"L"和"N"不分，平日里基本一句"刘奶奶买牛奶"出口就暴露身份了。她是北方人，家乡靠近北京，普通话说得很标准，但是最近她发现，自己讲话渐渐带点南方口音了，讲什么话都带着一种上扬的语调，这让一直以自己的普通话为自豪的她非常困扰。

再比如生活习惯。以前我是一个早睡践行者，一般情况下，晚上十二点之前一定上床睡觉，但和她在一起以后，因为下班回家就比较晚，好不容易能够二人世界了，自然想要多待一会儿，两个人看场电影、打个游戏，或者聊聊天，一不小心就到了凌晨两三点。老朋友看到我过了凌晨还发朋友圈，纷纷表示慰问，说是不是有什么心事失眠了，因为作为一个嗜睡狂魔，我以前可是雷打不动过了十二点就自动关机。

忽然想起一句话，那可是少年时期我的座右铭："我一路奋战，不是为了改变世界，而是不让世界改变我。"想想年少时费了那么大气力做自己，语气坚定得像个战士，可实际上呢，若真要改变我，何须布置那么大战场，一个你，就够了。

她最近在看一档综艺——《创造101》，节目组召集了101位不同类型的少女，最终通过考核和投票，产生11位胜出者，组成女团出道。

　　每个女生的类型都不同，总体来说颜值很高，但身上有不同的标签。有的出身贫寒，作为"村里唯一的希望"获得了不少同情；有的专业出身，唱跳俱佳，表现力不错。我们两个看着节目吃着火锅，突然她在旁边幽幽地问了一句："你最喜欢谁啊？"

　　我的回答刚准备脱口而出，就隐隐觉得这题有诈，于是求生欲爆棚地说："各有各的特点吧，我喜欢 A 的长相，B 的唱歌，C 的舞蹈，D 的性格……"然后站在专业角度分析了一番。本以为可以成功上岸，但她似乎对此并不满意，抛出了附加题："你说，如果给你 101 个选择，你还会选择我吗？"

　　当然会啊。

　　就算有 101 个选择，我也会 pick 你。

　　哪怕有 1001 个选择，100001 个选择，最终的 pick 都会是你。其实不是我选择的你，我并没有选择权。因为喜欢一个人和选择无关，我们要是真的可以选择喜欢谁或者不喜欢谁，那这个世界上的人该有多幸福。

　　我从小到大还算有女生缘，长相不难看，人品、性格也还不错，如果把那些喜欢我的人都算上，可能称得上"选择"挺多吧。她更不用说了，一直以来都是公认的"女神"，收到的表白应该不下百次了。但我所理解的爱情，一定不是在众多替补队员中权衡优劣，反复比较，做出最后的判断，而是自然而然地找到答案。

所以我从来不害怕前任重逢的戏码，因为过去没有解决的问题，放到现在依然不能解决。我也不担心未来会遇到更多的人，将成为"选择"的筹码。

我既不怕故人，也不惧来者。

我相信的爱情，是纵使我们都有很多个选择，余生，也非你不可。

她给我买了一台最新的 iPhone 手机，我开心地发了一条朋友圈，评论里有朋友开我玩笑："怎么，没想到有一天，你也吃软饭了。"

哈哈，软饭不是人人都能吃的，打铁还需自身硬。

开玩笑，不是硬，是 in。投入。

彼此投入，才有爱情的回声。

蔡康永说，人跟人之间有一个情感账户，你为她每做一件让她感觉心动和有爱的事，这个情感账户的金额就会变大一些。每个人如果都只想着提领，不主动去存入更多的爱，这份感情一定入不敷出。

所以当收到礼物的时候，问心无愧的人，一定也曾毫无保留地给予对方。回头来看，我们在一起一年多，我再也没有给自己买过一件衣服、一双鞋、一个大物件，倒不是刻意地省下钱来给她花，只是每当有些闲钱的时候，首先会去看看她有什么需求，或是一起出去旅游。钱花在她身上，或者花在我们身上，会比花在我自己身上更快乐。

朋友说，晗晗这么漂亮，你对她怎么好都是应该的。这句话的条件和结论都对，唯独推导的逻辑错了。我见过太多漂亮姑娘，有的把漂亮当作筹码去交换，有的觉得这就是天赋皇权，颐指气使，觉得别人对她的好都是理所当然。而她却不一样，嘴巴上说好看就是了不起，实际在两个人的感情中，她从来不以漂亮自居，恃色傲物。

于是，我没有给自己买衣服，她给我买；我没有给自己换手机，她给我换。不是买不起，只是我去买的，选择成千上万，而她送我的，却是世上独一无二。礼物背后闪耀的，是那颗想要把一切最好的都给我的心。

我想说，因为你的善待，那个俘虏，也想成为保护你的十万大军。

万物皆有裂缝，
那是光照进来的地方。
我想说——
那束光就是你。

Part 3

将一字一句都锁进日记

01

求摸头的小孩

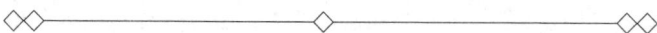

亲爱的张一然小朋友：

儿童节快乐呀！

朋友们总说你看起来稳重又成熟，只有我知道，你在我面前，像个小孩子。

我们一起去看电影，我在电影院里一边摇晃你一边感慨，男主角的胸肌可真大呀，你虽然嘴上附和着我，装出一副无所谓的样子，可没过几天，我就收到了一个巨大的快递，收件人写着你的名字，拆开一看，是一对哑铃。

还有那次，我在酒会上被人搭讪，那人硬要我加他的微信。虽然我扭头就删了，可你在接我回家的路上知道了这件事，还是不停地问我那人是做什么的，什么星座，有多高，在哪个公司上班。我被问得一脸尴尬，我只是看了一眼而已，怎会知道如此详细的个人资料，简直可以去做相亲简历。于是随口告诉你他好像是做电影的，我只在个人签名里瞟见这么多。

结果三天之后，你翻出一张照片给我看，问我是不是那

个人。我仔细看看觉得不像，可照片的背景居然就是那天那场酒会。我问你是怎么翻到这张照片的，你耸耸肩，说刚好在朋友圈刷到了，就随口问问。可爱精，我不过是收到了一个广撒网式的搭讪，你就恨不得全城通缉，你说你是不是幼稚鬼？

还有你每次回家，总是一头栽进我的怀里，向我抱怨今天有多疲倦；看我爱吃牛排，硬要自己煎给我吃，却忘记买胡椒汁；一边笑我喝奶昔很幼稚，一边又嘱咐我帮你带一杯草莓味儿的……这些点滴让我确定，男生喜欢上一个人后，都是有两副面孔的。不管他在外面有多成熟稳重，在职场上如何叱咤风云，回到家里，关上门，他都是那个只想扑到女朋友怀里求摸头的小孩子。

而我，既爱着你在外面做我贴心安稳的依靠，也暗自希望，我永远可以做你卸下成年人伪装后的避风港。

亲爱的晗晗小朋友：

　　六一儿童节快乐！

　　说来惭愧，很少这么叫你，因为很多时候感觉都是你在照顾我。出门的时候再三叮嘱我喷防晒喷雾的是你，准点提醒我工作再忙也要吃饭的是你，睡觉前把褪黑素塞到我嘴里希望我有个好梦的也是你。

　　不光如此，你时常会显露出大朋友的强势。我在一旁看你工作时把键盘敲得啪啪响，手起刀落谈事情，觉得你真酷！谁说只有男生认真的时候好看，你认真的时候更好看。显示屏的光映照在你的脸上，你转过头来突然发现我正望着你，眉间的紧蹙转瞬即逝，有一种云朵散开的温柔。

　　他们说，你是那个仗剑走天涯、雷厉风行的大侠，可是只有我知道，大侠也是个孩子。大侠收到 molly 玩具的时候会开心得像个孩子，正襟危坐学钢琴的时候会认真得像个孩子，伤心难过的时候也会在我怀里哭得像个孩子。

　　他们说，成年人只看得失，成年人的感情精于算计，冷静克制，而我却希望自己能不计得失地去爱你，像不同归期的风。

　　愿我们出走半生，归来你仍是少女，而我永远爱你如少年。

02

我是你最好的学生

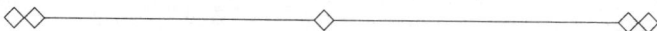

我的张老师:

　　教师节快乐!

　　"以前我一个人的时候,都是随便活的。"之前我这样跟你说,你总是不信,可我是认真的。大概是我幼稚又心大吧,确实一直活得迷迷糊糊,又不停地为自己的随意收拾残局,屡败屡战,死性不改。

　　遇见你之后我也是这样,出差误机,不查攻略就冒冒失失地跑去国外,这些都是常有的事。每次我受挫就会无助地给你打电话,你在电话那头十分无奈,又只能耐心地帮我想解决办法,还要哄着我先照顾好自己。要谢谢你的耐心,你大概也看出来我是不喜欢被说教的那种人,所以总是在帮我的过程中教会我很多事。

　　也许是双鱼座"活在梦里"的特质作祟,遇见你之前,我对人生也没有什么规划。我不会用心去成长,也不会认真地攒钱,今朝有酒今朝醉,总想图个开心就好。和你在一起之后,虽然你从未要求过我什么,可你身上积极的能量,你独当一

面的样子，让我不仅仅崇拜你，更想和你站在一样的高度上。我想这就是一段美好的爱情会给人带来的东西吧，两个人遇到彼此，用各自的好去感染对方，又一起努力改掉各自的不足。一加一不是等于二，而是等于无穷多。

所以，经常有人问我为什么管你叫张老师，是因为你的工作是教师吗？

每当那时，我都会神秘一笑："他不是做教师的，他只是我一个人的老师。"

亲爱的晗老师:

　　你好，祝你教师节快乐。

　　感谢在过去的时光中，你教会了我那么多。有首歌叫《那些女孩教我的事》，歌名大逆不道，但放心，你是我唯一的老师。

　　谢谢你让我认识了猫这样可爱的生物，在铲屎憋气的过程中，我的肺活量也越来越大。它们带给我很多快乐，也谢谢它们，陪我一起脱发。

　　谢谢你一边督促我减肥健身，一边又不停地用美食来诱惑我，摧毁我的意志。不好意思，是锻炼我的意志。让我认识到人生漫长，如果连这点诱惑都抵抗不了，何以托付终身？

　　谢谢你让我重新认识了自己的审美和时尚态度，改掉了在身材日益发福的情况下仍然喜欢穿小码的恶习，在向中年油腻大叔迈进的道路上悬崖勒马。

　　谢谢你努力让我这个直男树立起保养自己的意识，我笑起来的皱纹是你心中难以抹平的伤痕。作为一个美妆博主的男朋友，我有幸体验了大部分一线产品，只是惭愧于有限的词汇，

没能帮上什么忙，只能提供这样的测评：

"啊，痒！"

"没什么感觉……"

"哇，会发光！"

"呀，这个痛，这个痛，关了关了快！"

谢谢你始终一对一的教学，我从来没有在你嘴里听过"别人班的孩子"。我知道你是一个完美主义者，而我一身毛病，你却只把我最好的一面展现给大家，这一度让我倍感压力，但同时，也让我努力成为更好的自己。

那些古朴的比喻同样适用于你——你是灯塔，因为你，我的身上才有了光；你是园丁，浇灌我生长出更强的力量。

你说你从来没有这么喜欢过一个人，这样说来，我应该是你最好的学生。

谢谢你以我为荣。

我的良师益友，爱情的伯乐。

03
———

蓝色妖姬惨案

小张：

　　为什么叫你小张？希望你通过下文仔细找一下答案。

　　今天是情人节，我正百无聊赖地翻着微博，突然看到了你刚刚发的照片——你捧着一束花，背景是我们家的大门，还配文"别刷手机了，快开门"。那一刻我惊喜得几乎落泪，飞奔过去打开门，可见到你和你手中的花儿，却有点哭笑不得。

　　你捧的这束花实在奇葩，花瓣蔫儿了一大半，配的叶子和绿化带里的一样，连点缀的满天星都很不走心。可你还美滋滋地说："店里的大妈说了，这捧是镇店之宝。"

　　我愤愤不平，觉得你被商家骗了，问这花多少钱，果不其然，你回答的那个数字可以买一整个花盒，还是新鲜的那种。

　　这已经不是偶然事件了，你对女生的东西一窍不通，每次给我买礼物都像一项挑战——既是对你运气的挑战，看你能否遇上好心的售货员；也是对我临场反应的挑战，看我收到礼物时，能不能成功地装作自己超级喜欢。

　　我还记得你"送"我的第一件东西。去年我们去旅行，

我说酒店里的洗发水不好用，让你去帮我买一瓶。超市就在街对面，你却消失了整整一个小时，最后带着一大兜洗发水回来了，不好意思地抓抓头说："真的不知道该买什么牌子，就把最贵的三瓶都买回来了，应该有能用的。"你当时的样子啊，眼神飘忽，紧张地搓着衣角，像个刚刚上任、第一次被老师布置任务的课代表。

我看得出你的用心和无助，就随手拿起一瓶，说这瓶超级好，这瓶是无硅油的。本来只是想认可一下你买回来的东西，可这随口的一句话，仿佛让你知道了一个惊天大秘密，后来自己也试着用了几次那瓶洗发水，然后一脸认真地告诉我，无硅油真是不错，洗完头之后头发比以前顺滑了很多。

傻子，用完无硅油的洗发水头发明明会更发涩才对，你这是笃定了一个答案，无论解题过程如何，也要生搬硬套来证明这个结果。我说什么好，你就会记下，虽然不明白为什么，但是"我女朋友说这个好，那这个肯定好"。

刚刚你弱弱地来建议我说，要不以后让我给你一些提示，

好保证你送我的礼物我一定喜欢。可是，虽然我嘴上吐槽你买的这捧蓝色妖姬，心里却知道，你这几天工作忙到连日期都记不清了，你加班到那么晚，还要坚持去买束花祝我情人节快乐，这份心思本身就是最美的花，永远不会凋谢。

当然啦，能收到自己喜欢的东西自然开心。但是在我收到奇奇怪怪的礼物时，想到你苦思冥想、绞尽脑汁的样子，看着你如献宝般地捧给我，我心里只有一个念头：你真是可爱到不行。

更何况对我来说，你呀，本身就是一份大礼。

亲爱的:

　　虽然我的审美水平确实有待商榷，但还是有必要交代一下蓝色妖姬惨案的前因后果。可以确切地说，此次惨案，我的审美只负一半的责任。

　　你知道，之前我买花都是在网上订的，这几天工作太忙天天加班竟然给忘了（此处我应该道歉）。昨晚九点，工作会议开到一半，突然想到还没有订花，虎躯一震，我 x，凉了，凉了。

　　我借故匆匆离开会场，按照地图驱车找了四五家花店，全都关门，走投无路之际，却见苍蝇小巷中，灯火阑珊处，隐约有个"鲜花"二字的手写招牌，于黑暗中散发着希望之光。

　　"山重水复疑无路，柳暗花明又一村。"故事的开头美得像个童话。

　　一进门我就觉得不对。

　　大妈操着一口浓烈的东北腔劈头就问："来买花的吧？送女朋友吧？"

我环顾四周，觉得更不对，店里摆的都是五金和日常用品，就只有靠外的木头展台上摆了几束打包好的花，结合那手写的"鲜花"二字，不难推测，这是大妈在七夕之夜的临场发挥。

臣想退。

"咋啦，瞧不上？这么晚了，别的地儿也没有了，你别寻思了。"

大妈看出了我的心思，提醒我这一退，就是一辈子。

我一语不发，被大妈扼住了命运的喉咙，为保颜面，我勉强吐出一句："你们这儿，最好的花是哪个？"

"没有最好，都好！你要说最特别的，当属这束蓝色妖姬。"

不得不承认，是"特别"二字击中了我。

昏暗的灯光下，顺着她手指的方向，我只能看到一坨蓝色的色块。我走上前去，正准备拿起来好好端详一番，这时一位大爷进来了，一只手拿着放在外边的板凳，伸出另一只手准备关店里的灯。大妈见状赶紧招呼他停下，转头对我说："小

伙子这个行不行？我们要关门了。"

　　"嗯。"

　　后来的事情你都知道了。我回到家打开花的时候，整个人都不好了。包装用的是蓝色的窗纱布，叶子是绿化带常见的万年青，而那几十朵镇店之宝的蓝色妖姬全都蔫儿了，变成了"蓝色老鸦"。

　　我忽然想起当晚我捧着这束"蓝色老鸦"匆匆消失在夜色里的时候，昏暗的灯光下，大妈意味深长地笑着，大爷在一旁低头收拾。我离开的时候，他顺手把那"鲜花"二字的手写招牌翻了过来，露出牌子的另一面。

　　昨晚太黑，我不敢确定，今天路过时特意留神，看到上面赫然写着四个字：

　　礼品回收！！！

04

———

跟我回去见家长

Dear:

　　我一直没有告诉你，带你回家吃饭，对我来说是件多么意义重大的事情。

　　自从我来北京工作，逢年过节回到家里，一向把我当成小孩子的姥爷竟然也开始问我"什么时候带个小伙子回家吃饭"了。虽然嘴上装作无所谓地说着"快了快了，我慢慢挑"，但我知道，带一个人回家，不仅仅是吃一顿饭而已，而是在向全家人宣布：我认定这个人了。面对这样意义重大的事，谁都难免会迟疑。

　　爱情会冲昏理智者的头脑，但我这个一向随心随性的幼稚鬼，却不是因为一时冲动带你回家的。遇见你以来的时光是我最快乐的日子，可真正让我笃定地注视着你，心里冒出"就是他啦"这个念头的那个瞬间，却跟快乐没什么关系。

　　那次你对着电脑敲敲打打到深夜，我躺在床上百无聊赖地玩手机等你。你看起来很累，可还是忙一会儿就从显示器后面探出半张脸，胡乱找我两句话跟我聊天，还装作一副饶有兴

212

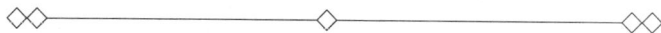

致的样子。现在回想起来只是一件小事，可那是我第一次发现，哪怕你身陷繁忙之中，也会无微不至地照顾我的小情绪。

快乐时，拉上一个人陪你一起快乐很简单，可忙碌时，还能一心念着你的人，才是最珍贵的那一个。

所以，在那个周末，我给家里打了一个电话，我说："我遇见了一个很好的人，我想带他一起回家。"

我舅舅爱喝酒，那天饭后他偷偷拉着我说："这小伙子真不错啊，长得也端正，我要是个男的我都会喜欢他。"我听得一头雾水，以为发现了什么惊天大秘密——难道我舅舅其实是个女生？那逻辑也不对呀，如果"我舅舅是个男的"，又怎么会喜欢你呢？直到我转头和舅舅迷离的双眼对上，才明白面前这个一向严肃拘谨的大汉，今天开心到只喝了三杯就醉了。

醉人的不仅仅是酒精，大概也有对你的喜欢，还有真心实意为我开心的情绪。他们的认可对我来说分量很重很重，重到我明明在笑，眼泪却偷偷落了出来。

我十三岁那年，妈妈生病去世了。病来得突然，以至于我都没有机会和她说声再见。只记得那晚的雪很轻，抢救室外的长椅很冰，以及通知我们要撤下抢救器材的医生带了两层白口罩。我一遍遍地告诉自己，她是去了很远很远的地方旅行，只是再也不回来了而已。

　　妈妈是个背包客，她走后，养育我的重任就落在了我的姥姥、姥爷甚至是舅舅、舅妈身上。现在，有你和我一起坐在沙发上陪他们聊天，他们终于可以放下那颗悬着的心了，因为在我以后的漫长人生中，会有一个很不错的男孩子陪我走下去。

　　所以啊，希望你能理解舅舅的酒后傻话，理解姥爷总是让你锻炼身体，因为那天对于他们来说，真的不仅仅是一顿饭而已。

　　对了，我还没有告诉你的是，自从有了你，我更喜欢回家吃饭啦。我再也不觉得自己多余，终于可以理所当然地拥有一个属于自己的小家。

　　所以，真的谢谢你。

亲爱的:

　　我妈说我家一共经历过三次高考，前两次是我和我姐，还有一次是你来我家。我觉得，用"如临大敌"来形容比较贴切，因为每个人心里都很紧张。

　　我爸自封备战委员会委员长。平时很少下厨，但自诩我家厨艺担当的他，这一次主动请缨。得知你是北方人后，特意打电话问了当厨师的伯伯，通过电话领悟了一套糖醋里脊的做法，然后起了个大早出门去买菜。

　　我妈作为生活委员，想着如何给你"送温暖"。她琢磨着你来家里以后，可以换套睡衣，一来天凉可以保暖，二来拉近了距离。她三番五次向我打听你喜欢什么款式，这可难倒了我。你是知道的，平时你去买衣服的时候，我的建议主要起的是排雷作用，而这一次，不但要我来给意见，还要由"潮童杀手"——我妈来搭配，想想都令人害怕。预测到了结果的可怕，为了推卸责任，我跟我妈说："你随便买就是了，她都可以，你就别说我给了意见了。"我刚把这话发到备战

委员会的群里，在外地遥控指挥现场作战的我姐立马怒了：

"怎么能随便买呢？！显得多不重视！"

是啊，重视。紧张就是因为重视，重视是因为喜欢。知道你要来，我们一家人"如临大敌"，这个"敌"不是你，而是害怕出状况，害怕有误解，害怕我们的欢迎方式不足以表达我们对你的喜欢。

可结果就是，平日的时尚少女，穿着小猪佩奇的棉绒睡衣，在一盘烧焦的糖醋里脊面前笑得像个傻子。你告诉我，真正来"参加高考"的那个人是你，最紧张的那个人也是你，但从进门的那一瞬间开始，看到热情却同样紧张的我爸妈，你忽然就放松下来了。

家里有热情的妈妈，把书包一丢，就可以换上样子傻傻却非常暖和舒服的睡衣，爸爸亲自下厨，味道虽然奇怪，可他却义正词严地说这就是外边"餐馆的味道"，想想都有些好笑。

这哪是什么赴京赶考？这就是放学回家。你之前从未来过，却又像未曾离开。

看着你们其乐融融一起聊天的场景，我仿佛才是那个一直

担心这担心那、格格不入的客人，那一瞬间让我意识到，自己是多么幸运。

我想说："亲爱的，谢谢你走进了我的生活，欢迎你回家。"

此生我都学不会见人说人话，
见鬼说鬼话，
唯独可以真心予你，
见你，
说情话。

Part 4

唯独见你，说情话

01/

罐头发明于 1810 年，可 1858 年才有了开罐器。

对的人或许会迟到，但绝不会缺席。

于是我下定决心，非要等到你。

哪怕，他们说我会过期。

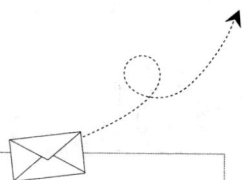

02/

这个世界每冒出新的人渣来，

我就要求自己对你再好一点，

来平衡你对这个世界的看法。

03/

走，跟我去逛超市。

我要把你放在购物车里推，

告诉大家，

这可是我在琳琅满目的世界里，

唯一挑中的宝贝。

04/

冬天，我开玩笑说，

约会千万不要吃火锅，

停留在羽绒服上的牛油锅底的味道，

可能比爱情停留的时间还要长。

你说，才不是呢，

火锅的味道风一吹就散，

可爱情，不会哦。

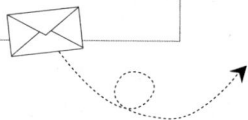

O5/

遇见你，

在我计划之外。

喜欢你，

我却蓄谋已久。

06/

冬天，

我的情敌只有雪。

她一边等我回家，

一边等它落下。

07/

你知道吗？

我对你说过无数次喜欢你，

了不起的不是这语气中没有一丝迟疑，

而是，每当我脱口而出的时候，

都没有凭借一丝惯性。

08/

等你醒来，

我的一天才开始。

等你睡着，

我的一天才结束。

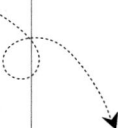

09/

还在公司加班，

身在曹营心在"晗"。

10/

春有百花秋有月，

夏有凉风冬有雪，

都不及，一年四季我有你。

11/

走马观花之局，谅我沉默少语。

我天性孤傲清高，不会逢迎拍马，

或许此生都不会待人接物八面玲珑，

左右逢源，见人说人话，见鬼说鬼话，

唯独可以真心予你，

见你，说情话。

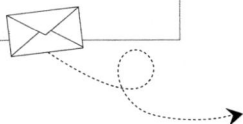

12 /

别老怪我打鼾，

那可是我不能说话的时候，

表达"我在"的方式。

待机模式下，

信号不能断。

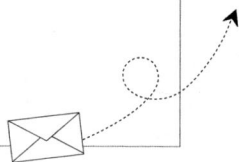

13 /

每次看她发自拍下面有好多人评论，

我就想过去留言：

让一下，让一下（拨开人群往前走），

不好意思，我的，我的。

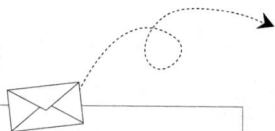

14 /

发呆的时候，我就会幻想我们的婚纱照会是怎样的。

高原雪山，阳光沙滩，还是千年古城？

不，我要带你去外太空，

背景是灿烂的陨石星河，无数条奇诡的光线穿过，

地球人说要爱到天荒地老，我们要爱到——

宇宙爆炸。

15

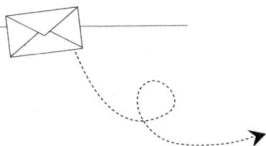

每见你一次，我身上就少一件武器。

"枪都缴了，还有没？"

"没有了……"

"那你口袋里是什么？"

"哦，小手雷……"

"还有没？"

"真没了……"

"裤腿里藏了什么？"

"小匕首……"

"所有武器都交出来了，现在你，还有什么话说？

"请善待俘虏。"

16 /

今天是情人节，

我送了你一件很庸俗的礼物，

一条金项链。

我写了一句很庸俗的话——

余生我只想给你一个人送金子，

这是我开过最认真的黄腔。

我有了一些很庸俗的想法：

和你生两个娃，

我负责赚钱养家，

你督促他们考上清华北大。

17

此心归处，便是吾乡。

有你，哪管头上是何处的月亮。

18

凌晨两点的北京，我飞机落地。

这零下十度的天气，

是你的小心机，还是坏脾气，

好让我拼了命地想要拥抱你。

其实不用安排这样的冰天雪地，

冬天时候鸟只会往南飞，

而我一刻不停地向北，

是想暖了被子，

和你睡。

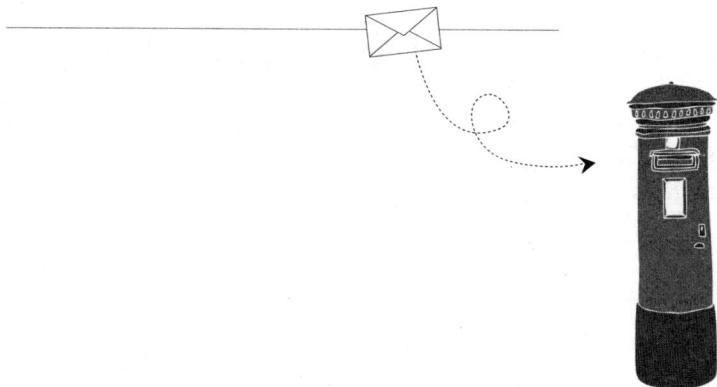